I0726910

A sötét múlt árnyékában

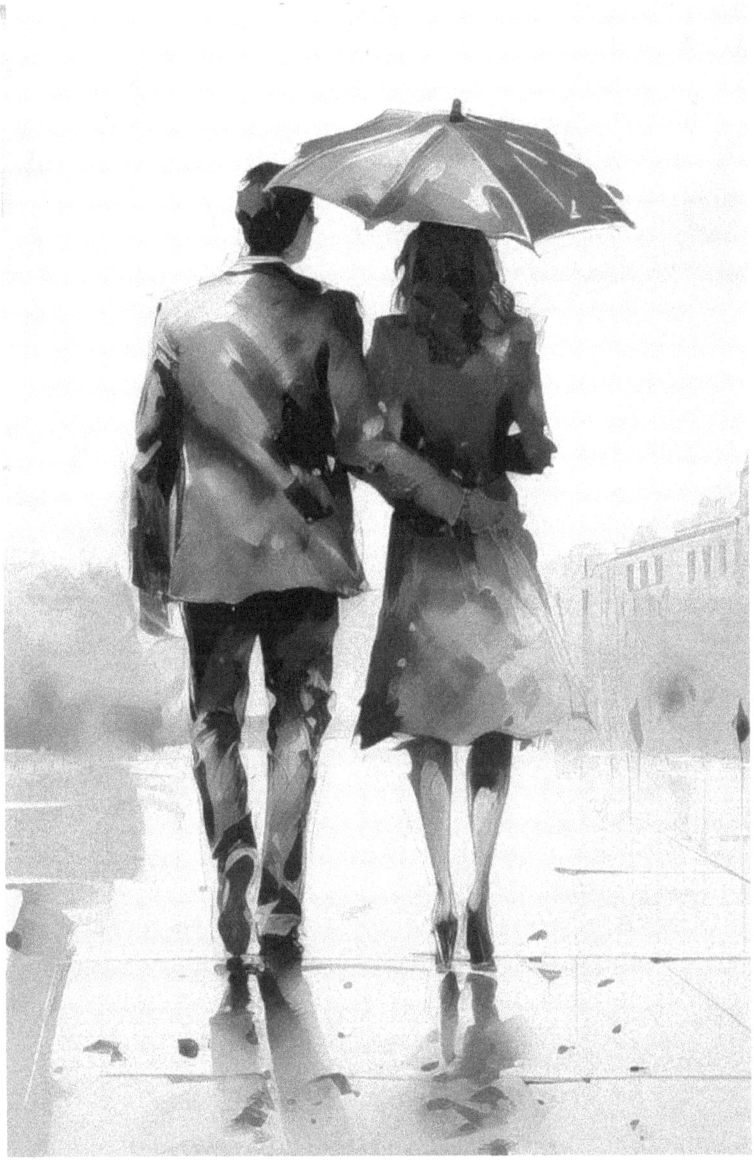

Erika M Szabo

***

Ez a könyv két történetet tartalmaz:

Amikor az elődök a régmúltban és közelmúltban elkövetett bűneinek árát a sors az utódokkal fizetteti meg.

Átkozott utódok:

Az angol nyelven irt eredeti novellát, **Unbroken Curse**, fordította a szerző, Erika M Szabo

Jayden egy bőrlapokra irt történetet talál a nagyanyja titkos szobájában. Húga, Szófia dekódolja az ősi rúnákat, és döbbenten veszik észre a hasonlóságot a sámán könyvében leírt családi tragédia és az övék között, ezerhatszáz évvel később. Családi titkok és gyermekkoruk sötét emlékei kezdenek felszínre törni miközben Jayden élete veszélyben forog. Vajon meg tudják-e törni a kegyetlen átkot és meg tudják-e menteni Jayden életét?

Keserédes emlékek:

Az angol nyelven irt eredeti novellát, **Bittersweet Memories**, fordította: Szerémi Áron

Elenát születése napján hajléktalan, drogfüggő, és kilátástalan jövőjét világosan látó anyja, a Szent Patrik katedrális lépcsőin hagyta rongyokba burkolva. Gyermekkora az egyik nevelő otthonból másikba toloncolással telt el, és amint úgy érezte, hogy érzelmi kapcsolat kezd valakivel kialakítani, gyorsan elfojtotta magában a bimbózó érzést, egészen addig, amíg nem találkozott Lukával.

Egy rövid ideig élvezhették a boldogság melengető sugarait, de a kegyetlen sors hamar szétválasztotta őket. Elena egyetlen támasza a remény maradt, a féltve őrzött rózsafa szív medál fele, amit Luka faragott születésnapjára, megtalálja párját. Vajon megengedi-e a sors, hogy újra találkozzanak?

A szerző jegyzete

A képzelet az elme kreatív képessége. Nos, gyerekkoromban szüleim nem kis bosszúságára, a sors kreatív elmével áldott meg. A rám bízott mosogatásról vagy zöldségágyás gyomlálásáról megfeledkezve, hosszú órákat töltöttem álmodozással. Ücsörögve az almafa alatt kutyámnak, Morzsának meséltem gyerekes történeteimet, vagy esős időben a széles ablakpárkányon ülve néztem a levelekre hulló esőcseppeket, miközben az elmém képzeletbeli világokat teremtett. Attól függően, hogy milyen rajzfilmet láttam, vagy milyen történetet olvastam, fejben átírtam a történetet, hogy megfeleljen az irodalmi ízlésemnek. Soha nem szerettem igazán a rajzfilmek humoros, de értelmetlen brutalitását, így képzeletemben a hősök szellemesebbek lettek, és még a gazemberek is kevésbé buták és kegyetlenek.

§⁴ᛁ ᚣ⊠ᛜ Λ⁴↑ᛡᛦ⁴†
may the sacred

ᚣ⊠ᛡ⊠Λ Λ⊠†↑⊠
turul guide

⊠|| ᚣ↑ᛜᛰ↑ᚣ ᛁ⊠⊠
and protect you

Első fejezet

~~~

Botkő hegy, Magyarország

Az ország északkeleti oldalán a hegyekben, egy elhagyatott kőbánya közelében található régészeti lelőhelyen, napok óta nyüzsgő élet folyt. A régészek egy évvel korábban 16. századi leleteket találtak, de amikor tavasszal újraindították a munkát, és mélyebbre ástak, egy ősi temetkezési helyet tártak fel a nyolc láb mély rétegben. Az első becslés szerint ez a réteg az 5. század óta érintetlen volt.

A hegytető közelében lévő nagy teret megtisztították a növényzettől, és tavasszal további két gödörben megkezdődött az aprólékos munka. A legnagyobb, kilenc láb mély üreg alján dolgozó négy régészhallgatóból álló csoport izgatott moraját elfojtotta a gödör szája körül felhalmozott földhalom.

A kisebb üreget két diák foglalta el, akik a porban, ecsettel és finom vésőkkel a kezükben térdeltek. Rétegenként, óvatosan kapargatták és ecsettel sepergették a szinte megkövült agyagos földet. Mellettük, viharvert ponyvákon az 5. század elején használt, megtisztított fegyverek, ékszerek, és mindennapi tárgyak sora szaporodott.

Jayden, egy fiatal amerikai régész egyedül dolgozott a harmadik gödörben. Bár Helen, a vezető régész azt akarta, hogy mindenki a két
~~~

újonnan ásott gödörre koncentráljon, amelyben a leleteket találták, Jayden meggyőzte őt, hogy engedje meg, hogy újra megpróbálja a tavaly elhagyott üreget.

Helen, egy kövérkés, középkorú nő fehér pamut overallban, egy asztal mellett állt, gondosan címkézve és dokumentálva a műtárgyakat. *De kutya meleg van máris.* Gondolta, és kihúzott egy gyűrött zsebkendőt a zsebéből, majd letörölte a verejtéket a homlokáról. Lazán lógó haja csiklandozta az orrát, ezért elővett egy hajgumit, és szoros kontyba csomózta őszülő haját.

A nagy sátor mellett a fák árnyékában, ahol a múzeumba szállításra készen álló műtárgyakat tárolták, két férfi ült összecsukható székekben, biztonsági őr egyenruhában. Egyedüli munkájuk csak az volt, hogy őrizzék a sátrat, és segítsenek a dobozokat a teherautóra pakolni a szállításra kijelölt napokon, valamint felhozni a faluból a reggelit és ebédet a csoport számára. Az unalmas órákat agyonütve titokba kártyáztak, óvatosan szemmel tartva Helent. Amint a nő, háttal állva feléjük megmozdult, az őrök gyorsan elrejtették a kártyákat. Jól tudták, hogyha elkapná őket a szigorú nő, gyorsan kiebrudalná őket jól fizető, kényelmes állásukból.

A csoport hajnal óta dolgozott, tudva, hogy később túl meleg lesz, amikoris kénytelenek lesznek szünetet tartani délutánig. A régészeti tanulók halk mormogásának hangját, és a bokrok felől érkező állatok és madarak pihentető fecsegését, egy poros overallban létrán felmászó fiatal diák éles hangja törte meg. Amint feje kibukkant az üreg száján, izgatott ordítására mindenki összerezzent: – Helen, ezt látnod kell! –

Helen egy pillanatra megdermedt, majd eldobva jegyzettömbjét és tollát, futni kezdett a gödör felé. Ahogy a mély lyuk szájához közeledett,

mellkasa elszorult a hirtelen izgalomtól, és a tanulóra kiáltva megkérdezte:
– Mit találtatok? Mutasd már! –

– Le kell jönnöd megnézni! – A diák feje eltűnt, ahogy lefelé lépkedett a létrán helyet adva Helennek a leereszkedéshez.

– A fenébe! – kiáltott fel Helen, amikor remegő lába elvétette az utolsó létrafokot, de a fiatalember megtörte az esését, és talpra állította. – Köszönöm, – motyogta Helen.

– Nézd! – Az egyik diáklány rámutatott egy megsárgult lókoponyára, amelynek egy része már kilátszott a talajból.

– Nézd azt a gyönyörű kantárt! – Hebegte a lány örömtől sugárzó arccal.

– Fenomenális! – suttogta Helen. – A legfinomabban megmunkált darab, amit valaha is láttam és még évszázadok óta eltemetve is fantasztikus állapotban van. – A koponya mellett guggolva óvatosan végigfuttatta ujjait a száraz, időcserzette bőrön, majd folytatta. – Arany, valamint a réz és cink ötvözetének használata bizonyítja, hogy ennek a harcosnak nemes vezérhez illő temetése volt. – Állapította meg és gyorsan felállt, amikor a felismerés belevillant az agyába, és karjának elsöprő mozdulatával parancsokat kezdett osztogatni. – Mindenki két lépést hátra! Lehetséges, hogy itt van egy emberi csontváz is. Ez vagy egy harcos szeretett lovának sírja, vagy a klán mélyen tisztelt füvesasszonyának a nyughelye, akit itt temettek el lovával. Kívülről befelé haladva fogjuk megtisztítani a területet. – határozta el Helen.

A négy diák engedelmeskedett, és lassan hátra húzódtak. Körben állva, hátuk megérintette az üreg falát. – Honnan tudod, hogy ez nemcsak egy eltemetett ló maradványa? – kérdezte egyikük.

Helen néhány másodpercig zavarodottan bámulta diákjait, csodálkozva, hogy még ennyire tudatlanok, majd visszanézve a lókoponyára, magyarázni kezdte: – Ugyebár tudhatnátok már, hogy az 5. századi hun temetkezési szokások szerint, a férfi harcost a lován ülve temették el, mint minden férfit abban a korban, álló helyzetben. De mivel ezt a lovat az oldalán fekve helyezték örök nyugalomra, ez azt jelenti, hogy vagy egyedül temették el, vagy egy tanult és megbecsült gyógynövényekkel gyógyító nőt, aki egyben harcos is volt. Ezért a magas státusza tiszteletére, a lova hátán ülve, de oldalán fekve temették el. – Helen állt a ló koponyája mellett, és kiszámolta, hol kell lennie az emberi csontváznak. Megragadott egy pálcát, majd széles kört kezdett karcolni a csontváz körül a kemény földbe, aztán kiadta az utasítást a tanulóknak. – A körön kívül kezdjétek eltávolítani a földet, és lassan haladjatok a kör közepe felé, de nagyon óvatosan! – figyelmeztette őket, és szigorúan végignézett a csoporton.

A diákok körbe térdeltek, és óvatosan megkezdték az unalmas munkát, hogy centiről centire felkaparják és kis kosarukba söpörjék a finom porrá tört rögöket. Az egyik diák dolga volt kiüríteni a kosarakat egy nagyméretű bőrből készült hátizsákba, amit hátára vett, és felmászva a létrán, kiöntötte a földet a gödör szélén az egyre növekvő domb tetejére. Barátságosan mosolyogva odaintett az őröknek.

Péter, a magas, barna hajú középkorú őr visszaintett és felállt, a hosszú üléstől elzsibbadt lábait rázogatva. – Biztosan találtak valamit, – mondta, zömök társa felé fordulva. – Megnézem. Helen nagyon izgatott volt, amikor a tanuló lehívta a gödörbe. –

– Menj csak, nézd meg, én itt maradok a sátrat őrizni – válaszolta Rowan, és zsebre vágta a kártyapaklit.

Péter fejét csóválva ránézett társára. – Téged csak dinamittal lehetne kirobbantani abból a székből. –

– Minek rohangásszak, ha nem muszály? – Nevetett fel Rowan. – A lustaság fél egészség, kispajtás. –

Péter lemondóan sóhajtott egyet, majd megfordult, és komótosan elsétált a legnagyobb gödörhöz. Nyakát nyújtogatva lekukucskált, miközben szilárdan a földhöz szegezte talpát. *Néhány penészes csont.* Gondolta. *Jó! Remélem, hogy még sokáig fog tartani az ásatás. Addig van biztonságban a munkám, amig találnak csontokat meg mindenféle régi dolgot.* Pétert nem különösen érdekelték a fontos leletek, sőt, a múltban történt események sem izgatták túlságosan a fantáziáját. Morogva kiegyenesedett, és elindult, hogy körbejárja a tisztást. Bekukucskált a többi gödörbe is, és rövid, barátságos beszélgetésbe elegyedett a szorgalmasan dolgozó diákokkal.

A sátorhoz visszafelé menet haragosan felmordult, amikor észrevette, hogy partnere, fejét oldalra billentve még mindig a széken ül. – Ez a lusta fráter megint elaludt! – motyogta és odalépett a köpcös férfihoz. Rowan halkan horkolt. – Hé, ébredj fel, ember! – morogta Péter megrázva társa vállát.

– Na, mi van? Nem! Nem is alszom. Csak egy kicsit pihentetem a szememet – morogta a kopaszodó férfi erős ír akcentussal, amit húsz év magyarországi élet után sem veszített el.

– Nem a fenét. Úgy horkolsz, mint egy rinocérosz – zsörtölődött tovább Péter.

Rowan gyorsan felegyenesedett a széken, majd keze fejével letörölte a lecsurgott nyálat a szája sarkából.

Péter elfojtott hangon szidta: – Te bolond! Tudod jól, hogyha szundikálva kapnak, búcsút mondhatsz ennek a könnyű munkának. –

– Jól van, na. Majd vigyázok – motyogta Rowan. – De ki is láthatna meg? Mindenki a lyukakban söpörgeti a port a régi cuccokról. És különben is, ki jönne fel erre a helyre, hogy bármit is ellopjon? – Kezét a feje fölé emelte, és hangosan ásított, mielőtt megint hátradőlt volna az összecsukható székben, nyilvánvaló szándékkal, hogy folytassa a kellemes szundikálást.

– Csak tartsd nyitva a szemed! Én lemegyek a faluba a reggeliért. –

– Jó, és siess azzal a zabával mielőtt éhen halok. –

Péter lesétált a sűrű bokrok közötti ösvényen a tisztásra, ahol a régészcsapat parkolta a kocsikat. Ígérete ellenére, amint Péter eltűnt szem elől, pocakos partnerének álla a mellkasára esett. *Egy pillanatra becsukom a szemem,* gondolta, majd légzése lelassult, és csendesen elaludt.

Második fejezet

„A régészet olyan, mint egy kirakós játék, kivéve, hogy nem lehet csalni és megnézni a dobozon levő képet, és néhány darab hiányzik." ~ Stephen Dean

~~~

Botkő Hegy, Magyarország

Jayden, egy jóképű, fiatal amerikai régész a harmadik gödörben elmerülve dolgozott, egyedül, figyelmen kívül hagyva a csoport izgatott moraját néhány méterrel arrébb. Poros nadrágzsebéből előhúzott egy gyűrött zsebkendőt, hogy letörölje homlokáról az izzadságot. – Hű! Már melegebb van ebben a lyukban, mint a boszorkányok kemencéjében – motyogta az orra alatt, miközben lehúzott egy hajpántot a csuklójáról, és vállig érő, aranybarna haját összekötötte. *Igazán rám férne egy alapos hajvágás.* Gondolta.

Néhány perccel később a vésője idegtépő, koccanó hangot adott, amikor az fémet érintett a földben. A lehetséges felfedezés izgalmától felvillanyozva hozzáfogott ahhoz a fáradságos munkához, hogy gondosan lekaparja a lerakódott, megkeményedett földet. Hamarosan egy ősi kard rozsdás nyele bukkant elő.

– Gyerünk, gyönyörűségem! Mutasd meg nekem dicsőséges testedet – suttogta.

Ahogy megváltoztatta a helyzetét és visszatérdelt, megpillantott egy sebesen tekergőző fekete kígyót, amely a tíz láb széles lyuk sötét sarkából közeledett feléje. – Hogy az a! – kiáltott fel rémületében, és hátra vetette
~~~

magát, nem tudva, hogy a kígyó mérgező–e, vagy csak egy ártatlan erdei fajta, amely véletlenül esett a gödörbe. Abban a pillanatban, amikor még nem ért földet, és karjai és lábai még a levegőben himbálóztak, egy nyílvessző pontosan arra a helyre csapódott be, ahol egy másodperccel azelőtt térdelt, olyan erővel, hogy a széles obszidián nyílhegy majdnem eltűnt a kemény talajban, miközben a nyílvessző hevesen rezgett.

– Mi a fene!? – kiáltott fel ijedtében, ahogy a földre huppant, és felnézett. Hat lábnyira fent a lyuk szájánál megpillantotta a húgát, aki jéghideg tekintettel meredt rá, egy görbe íjat tartva a kezében. A lány dühösen felsikoltott, és eltűnt. – Szófia? Mikor... Hogyan kerültél ide? – Jayden utána kiáltott, és felugorva ültéből, a létrához rohant. –Szófia! Várj meg. Ne menj el! – kiáltotta, miközben kimászott a lyukból.

A vaskos biztonsági őr felriadt az éles sikolyra, és döbbenten felugrott a rohanó lányt meglátva. –Hé, mit csinálsz itt? – kiáltotta.

A fiatal lány gyilkos arckifejezéssel pillantott az őrre, aki rémülten hátra hőkölt, a lány pedig ujjait ökölbe összeszorítva morgott valamit, és a sűrű bokrok közötti ösvény felé futott, majd hamarosan eltűnt szem elől. Az őr szuszogva utána eredt, de lábai nehezen emelgették súlyos testét, és hamarosan feladta a betolakodó üldözését.

Jayden kétségbeesetten körülnézett, de sehol sem látta a húgát. A nagyobb gödörből kibukkanó csapattársai odafutottak hozzá, és kérdően néztek rá.

– Mi történt? – kérdezte egyikük. – Mi folyik itt? – kiabálták mások.

– Egy nő megpróbált megölni! Egy nyilat lőtt ki rám amikor a gödörben voltam – lihegte Jayden a keskeny ösvény felé futva. Nem mondhatta el nekik a gyanúját a bizonyíték nélkül, hogy a nő, aki meg akarta ölni, a testvére volt.

Csapattársai követték Jaydent, és látták, amint egy kis piros autó száguld a földúton, és eltűnik a bokrok mögött a kanyarban. Jayden előhalászta a kulcsait a zsebéből, és beugrott viharvert dzsipjébe.

– Veled megyek! – kiáltotta Rowan, és bepréselte széles hátsóját az utasülésbe.

– Hogyan és mikor került ide az a nő? – Jayden szigorú hangon vonta kérdőre az őrt.

– Hát... én... a sátorban voltam, és elpakoltam néhány szerszámot, amikor meghallottam a sikolyát. Mire kijöttem a sátorból, már rohant az autók felé. Üldözőbe vettem, de olyan gyorsan futott, hogy csak egy pillantást vethettem rá. – Tekintete Jaydenről az oldalsó tükörre tévedt, miközben letörölgette az izzadságot a homlokáról.

– Hol van a partnered? – csattant Jayden kérdése.

– Elhajtott a városba, hogy felhozza a reggelit. –

– Ó, igaz! – Jayden megrázta a fejét. – De nem kellett volna bemenned a sátorba, amikor mindenki a gödrökben dolgozott. –

– Sajnálom, bocsánatot kérek – motyogta az őr megkönnyebbülve, hogy nem kapták alváson a munkahelyén. – Nem tudtam utána menni, mert ma nincs autóm. A párom hozott dolgozni – tette még hozzá mentségére.

A terepjáró felgyorsult, ahogy Jayden egyre erősebben nyomta a gázpedált. *Mi a fene folyik itt? Lehetséges lenne, hogy húgom az imént megpróbált megölni? De hogyan került ide? New Yorkban kellene lennie!*

Eszeveszett gondolatok kergették egymást a fejében, miközben eszeveszett iramban hajtott lefelé a hepehupás földúton. – Láttad, amikor a nyilat a lyukba lőtte? – kérdezte az őrtől.

– Nem... – Rowan habozott, és egy oldalpillantást vetett Jaydenre. – Mint mondtam, a sátorban voltam, de a lány íjat tartott a kezében, és tegez volt a hátán tele nyílvesszővel – hadarta Rowan, olyan erővel kapaszkodva az ülésbe, hogy ujjai elzsibbadtak. Teste hevesen rázkódott a száguldó dzsipben a göröngyös földúton. – Ember, úgy vezetsz, mint egy ördög. Lassíts az Isten szerelmére mielőtt nyakunkat törjük! – könyörgött félelmében.

Jayden figyelmen kívül hagyva az őr esdeklő szavait, és tovább kérdezett: – Láttál valaki mást is? –

– Nem volt ott senki más. – Az őr összeszedte magát, és kétségbeesésében a műszerfalba kapaszkodott.

A terepjáró hirtelen oldalra rándult, és Jayden minden erejére szükség volt, hogy valamennyire egyenesben tartsa a kormánykereket. Egy percig szlalomozott a fák és bokrok között, végül a dzsip megállt egy nagy fának csapódva. – A rosseb egye meg! – kiáltotta, kiszállva a vezetőülésből, és megvizsgálta a sziszegve leeresztő első kerekeket és a harmonika szerűre gyűrődött motorházat. Kihalászta a telefonját a hátsó zsebéből, és felhívta Helent. – Defektet kaptam és nekimentem egy fának. Mindjárt hívom a vontatót, de tudnál küldeni valakit, aki visszavisz minket? –

Helen elküldte az egyik diákot, hogy vegye fel őket, és amíg várakoztak, Jayden felhívta a vontató céget, hogy vigyék el a dzsipet a javítóműhelybe. – Remélem ki tudják pofozni. Szeretem ezt a kocsit – motyogta.

– Ne aggódj, Jóska bármit meg tud javítani – mondta az őr félmosollyal kerek arcán.

Amint visszatértek az ásatás helyére, Jayden észrevette Helent, aki a legnagyobb gödör mellett állt. Helen aggódva felkiáltott: – Jól vagy? –

Jayden bólintott, és Helenhez sétálva a lyuk szájánál megállt, és lenézett. Amit a gödör mélyén látott, rögtön elfeledtette vele az életére törő lányt és az összetört autót. Egy ló és egy ember félig feltárt csontvázainak helyzete látván azonnal tudta mennyire fontos leletre bukkantak. Fürkészve rámeredt a mosolygó, szeme sarkából őt vizsgáló nőt, és szinte extázisban felkiáltott: – Helen, nem hiszem el! Megtaláltad egy füvesasszony sirhelyét! –

– Igen! Aki egyben harcos is volt – felelte Helen, mosolyogva a nézve fiatalember szemébe. – Hát nem szédületes? Menjünk le, és nézzük meg közelebbről. –

Mikor mindketten a gödör alján álltak, Helen odaszólt Jaydennek: – Gyere ide, nézd meg a koponyát. A fogai alapján negyven körül lehetett, amikor teljes regáliában eltemették. És a kezét – mutatott Helen a csontokra. – Nézd meg azt a finoman faragott sólymot a gyűrűjén, amely úgy néz ki, mintha jádéból készült volna. –

Jayden vett egy éles lélegzetet, lehajolt, és a csontváz ujját vizsgálta. Mély érzelmek szorították össze a torkát, és azt suttogta: – Helen, beszélnem kell veled, négyszemközt! –

– Rendben – mondta Helen meglepetten. – Hé, gyerekek! – kiáltotta. – Mindannyian, menjetek fel és tartsatok egy kis szünetet. –

A diákok meglepődtek, de engedelmeskedtek, és egyenként felmásztak a létrán.

– Helen, ez a nő az ősöm! – suttogta Jayden, és fejét elfordítva Helen szemébe nézett.

– Micsoda? Ó, úgy érted általában, mint a hunok őse... –

– Nem. – Jayden felsóhajtott, és kiegyenesedett. – Úgy értem, az én családom őse. A tágra nyílt szárnyú, karmaiban kardot tartó turulmadár a 4. század óta a családom jelvénye, amikor őseim generációkon át az Üvöltő Sólyom Klán vezetői voltak. Nézd! – Kinyújtotta bal kezét, és megmutatta arany pecsétgyűrűjét a megdöbbent asszonynak.

Helen hitetlenkedve bámult rá, kinyitotta a száját, hogy beszéljen, de nem tudott hangot adni. Miután megköszörülte a torkát, végül sikerült kimondania: – Hát ez hihetetlen! Mi lehetett az esélye annak, hogy ez megtörténik? Vendég régészként csatlakoztál az ásatásomhoz New Yorkból, és most megtaláltuk az ősödet? Ezt nem hiszem el! – Megrázta a fejét, rápillantott a csontvázra, és kibökte: – Te vagy ennek a csoportnak a szerencse malaca, és ha még szerencsésebbek leszünk, talán DNS–elemzést is végezhetünk. Ez lehet az évszázad lelete. –

Jayden feje zúgott a gondolatoktól, a kérdésektől, és eszébe jutott, hogy elmondja a főnökének mit talált. – Helen, éppen elkezdtem feltárni egy kardot, amikor mindez történt. –

Helen felnézett rá, megrázta a fejét, és egy csipetnyi ingerültséggel a hangjában válaszolt: – Igen, rendben. Később megnézem, de most ez a lelet a prioritás. Fogd a szerszámaidat, és csatlakozz hozzánk! – utasította.

Jayden bólintott, és megindult felfele a létrán. Az ő gödre felé tartva eszébe jutott a fiatal nő arca, aki kilőtte rá a nyilat. – Lehetetlen – motyogta. – Miért tenné... Hogy is tehette volna? Szó sem lehet róla! Ez az őrült nő egyszerűen úgy nézett ki, mint Szófia. – Fejét rázva előhúzta a telefonját a hátsó zsebéből, és tárcsázta a húga számát.

Harmadik fejezet

„Ritkán jutok el oda, ahova menni akartam, de szinte mindig oda kerülök, ahol lennem kell." ~ Douglas Adams

~~~

Bronx, New York

Zavaros álmában, vagyis inkább rémálmában, Szófia egy osztályterem közepén állt. Tudta, hogy előadást kell tartania valamiről, de nem emlékezett rá, hogy mi a téma. Kétségbeesetten kutatta az elméjét, de amikor meghallotta a diákok gúnyos pisszegését és körülnézett, látta, hogy a fiúk éhes szemekkel bámulnak rá. Lenézett a testére és pánikba esett. Meztelen volt.

Szinte elviselhetetlen szégyenérzet töltötte el a fiúk kéjes röhögésétől, de megkönnyebbülésére, az álomkép hirtelen változott. Az utca közepén találta magát, autók rohantak el mellette, és a sofőrök dühösen dudáltak, miközben megpróbálták elkerülni. Félreugrott és pánikban lenézett, de megkönnyebbülésére, apja égszínkék – Csók a szakácsnak– köténye takarta testét. *Hála istennek! Legalább nem vagyok meztelen*, gondolta álmában, megkönnyebbülve.

A következő szempillantásban már a járdán állt. Egy siető nő elmosódó alakját látta, aki egy sikoltozó csecsemőt tartott a karjában. Nem tudta, kicsoda a nő, de tudta, hogy meg kell mentenie a kétségbeesetten síró kisbabát. A nő ekkor hátrafordult és jéghideg tekintettel rámeredt. Szófia szíve fájdalmasan dobbant és hideg futott végig a gerincén amikor felismerte. A nő, ő volt. *Nem! Csak úgy néz ki, mint én!* Szófia sikoltotta
~~~

álmában, és megpróbálta megragadni a nő karját, de a hirtelen leereszkedő sűrű ködben a nő eltűnt a szeme elől. Szófia még hallotta a csecsemő sírását és úgy érezte, mintha sűrű mézben próbálna mozogni. A lábai nehezek voltak, mint az ólom, miközben küzdött, hogy utolérje a nőt és megszabadítsa a fájdalmasan sikongó gyermeket. Megpróbált kiáltani, de nem jött ki hang a száján, majd a köd hirtelen feloszlott, az emberek félreálltak, és szabad utat hagytak neki a járdán. Hirtelen egy öregasszony jelent meg az előtte, ragyogó kék fénnyel körülvéve, és kezében hosszú, fényes kardot tartva. Egy szempillantás alatt megjelent a kisbaba Szófia karjaiban. Az öregasszony most Szófia hasonmásával állt szemben, és a kardot szó nélkül a nő mellkasába döfte. Szófia megdöbbenve állt a most már boldogan gügyörésző csecsemővel a karjában.

Egy pillanat alatt eltűnt a baba, az öregasszony, és Szófia hasonmása is. Helyettük egy magas, szőke férfi állt a járdán, és rámosolygott. – Hol voltál? Olyan régóta kereslek – mondta, és kitárta karjait.

– Nem tudom – suttogta Szófia, és közelebb lépett a férfihoz. A szíve nagyot dobbant, a torka összeszorult, és feltoluló könnyei homályossá tették a látását. Megtörölte a szemét, és ismerős, kellemes illatot érzett a férfi bőrén, de nem emlékezett rá, mi az.

A férfi kinyújtotta a kezét, és amikor Szófia még közelebb lépett hozzá, a szőke férfi szorosan átölelte erős karjaival. Szófia elégedettnek és boldognak érezte magát, ahogy a karjaiba bújt. Belenézett a férfi szeretetet sugárzó kék szemébe, aki gyengéden megsimogatta az arcát, és azt suttogta: – Végre megtaláltalak. Gyönyörű vagy szerelmem. –

Szófia megemelte az állát és a férfi telt ajkai egyre közelebb és közelebb kerültek. Amikor ajkaik lágyan összeértek, Szófia lelkét végtelen boldogság töltötte el. Az ismerősnek tűnő csók eltörölte a múlt minden fájdalmát és nyomorúságát, melegséget, biztonságot és szeretetet ígért. Sütkérezett a boldog érzésben amikor hirtelen élesen csörgő hangot hallott és a szőke férfi alakja szétfoszlott. Felült az ágyon és dühösen hallgatta a mobiltelefonja követelő csipogását.

Beletelt néhány másodpercbe, hogy megnyugtassa a légzését és kilépjen az álom világából. – Ez nem lehet igaz – mormogta bosszúsan az orra alatt. – Pont most amikor a legjobb álom közepén voltam – dünnyögte és belebokszolva a párnába az éjjeliszekrény felé fordult, hogy felvegye a telefonját. – Jobb lesz, ha valami nagyon fontos dolog miatt hívsz, különben kitekerem a nyakadat, bárki is vagy! – motyogta.

A szeme sarkából látta az órát, amint éppen hajnali három órára váltott. A hívó Jayden volt, a testvére. – Komolyan? – dörmögte a telefonba. – Ha már hívnod kell az éjszaka közepén, nem tudtál volna inkább akkor hívni, amikor álmomban pucéran álltam az osztály közepén? –

– Hol vagy? – hallotta Jayden követelő hangját, aki figyelmen kívül hagyta a kérdését.

– Ágyban. Hajnali három van, hol máshol lennék? –

– Most láttalak néhány perce. Ne hazudj! – kiáltotta Jayden.

Hirtelen az álom minden nyoma eltűnt Szófia szeméből. – Jay, ágyban vagyok! Elment az eszed? – De fellángolt ingerültsége gyorsan aggodalommá változott. Jayden, aki a leghiggadtabb ember volt, akit valaha ismert, még soha nem kiabált vele. – Jay, mi a baj? –

– Egy pillanat! – Jayden emlékezett a GPS–nyomkövetésre, amelyet Szófia telefonjára telepített. Az alkalmazás megérintésével úgy érezte, mintha egy tonna kő gördült volna le a mellkasáról. – Claire néninél vagy. Bronxban. –

– Persze hogy itt vagyok! Azóta vagyok itt, amióta két hete elmentél Magyarországra. Ma este repülök, és holnap reggel találkozunk Budapesten, és még mindig ágyban vagyok. Hajnali három van. Jay, megmondod végre, hogy mi a baj? –

Jayden, a több napos borostát dörzsölve az állán, hogy megnyugtassa felborzolt idegeit, motyogva megszólalt: – Nem tudom, de esküszöm, azt hittem, hogy nem sokkal ezelőtt láttalak. Sajnálom, hogy felébresztettelek, itt már reggel kilenc óra van. –

– Mit értesz azon, hogy láttál engem? – Szófia kezében megremegett a telefon.

– A hegyen lévő ásatási helyszínen vagyok, és sok leletet találtunk. Lent voltam a lyukban, és esküszöm, hogy a nő, akit láttam, a te tükörképed volt. Majdnem megölt! Egy nyilat lőtt a gödörbe, pontosan oda, ahol egy másodperccel korábban térdeltem. A kígyóktól való félelmemnek köszönhetően, amikor láttam, hogy az egyik felém tekergőzik, hátra gurultam. A nyílvessző egy hajszállal került el engem. –

– Te jó ég! Jól vagy? Megsérültél? Ki volt az? Miért próbálna valaki is bántani téged? – zokogott fel Szófia.

– Jól vagyok! Kérlek, ne sírj, jól vagyok. –

– Még mindig ott van? Légy óvatos! Hívtad a rendőrséget? – hadarta a feldúlt lány, idegességében felhúzott térdét karmolászva.

– Azonnal elszaladt, és elszáguldott az kocsijával, mire kimásztam a gödörből. Nem tudtam utolérni, mert egy defektes gumi miatt lesodródtam a földútról az erdőbe. –

Szófia felzokogott. – Halálra rémisztesz! – Szörnyű mentális kép futott át az agyán, amint bátyja egy mély gödör poros alján fekszik, holtan, a mellkasán átlőtt nyíllal. A gondolat hangtalan könyörgésre késztette. *Kérlek Istenem! Kérlek, ne hagyd, hogy elveszítsem az egyetlen embert, aki kitartott mellettem, amikor anyám eldobott!* A gyomra szoros csomóba szorult, és zokogás tört fel a mellkasából.

– Ne aggódj! – Jayden sietve biztosította, érezve Szófia hangjában a növekvő pánikot. – Biztonságban vagyok. A többiek itt vannak, és ígérem, hogy mostantól fogva különösen éber leszek. Felveszünk még néhány biztonsági őrt. Helen nem gondolta, hogy kettőnél többre lesz szükségünk a helyszín védelmére napközben, amikor itt vagyunk, és egyre éjszaka, de úgy tűnik, hogy most már más a helyzet. Esküszöm, hogy ez a nő a hasonmásod, vagy valami ilyesmi, de olyan baljós pillantás volt a szemében, amitől a frász tört ki. –

A szomszéd kutyája ugatni kezdett. Szófia forgatta a szemét. *Na mit ugat most? Leesett egy levél a fáról?* Gondolta, kevesebb aggódással és most már bosszúsnak érezve magát. – Tudod, a Queenben levő házunkban kellett volna maradnom. Ott csendesebb. Nem alszom jól, mióta elmentél. – Szófia idegességében és félelmében egyszerre akarta minden keservét bátyjára önteni. – Ez a hülye kutya az utca másik oldalán állandóan ugat, és úgy hangzik, mintha ebben az épületben senki sem aludna éjszaka. Ezek az őrült emberek pedig a harmadikon Zomba órát vagy mit tartanak éjfélkor, és... Utálok itt lenni. –

– Tudod, hogy lehetetlenség volt egyedül maradnod, még nem vagy egészen nagykorú. Én vagyok a gyámod, és sajnálom, hogy el kellett jönnöm, és hogy nem lehettem ott a diplomaosztó ünnepségen. –

– Már csak két hónap kell ahhoz, hogy tizennyolc legyek, de sebaj. Alig várom, hogy kijussak innen. Imádom Claire nénit, de utálom ezt a környéket. Alig várom, hogy találkozzunk, és hogy a nagymama házában legyek, hogy végre jól kialudjam magam a csendes kisvárosban. –

– Fogsz aludni, ne félj. Itt minden olyan csendes és szép, mint gyerekkorunkban. Rettenetesen hiányzik a nagymama, de Júlia mama egy cseppet sem változott. Ugyanolyan harcias és szigorú, mint mindig. – Nevetett, és megpróbálta elterelni Szófia gondolatait az aggodalomról. – Szófia, mennem kell, de biztos akartam benne lenni, hogy jól vagy. Ne aggódj miattam! Nagyfiú vagyok, tudok vigyázni magamra. Holnap találkozunk. –

– Hát persze, könnyű mondani, hogy ne aggódjak. Veszélyben vagy! – kiáltott fel Szófia. – Hogyne aggódnék, amikor egy őrült nő megpróbált megölni! –

– Nem tudjuk, mi volt a szándéka. – Jayden megpróbálta megnyugtatni húgát és most már nagyon bánta, hogy felébresztette a lányt. Hamarabb is eszébe juthatott volna a GPS, akkor nem kellett volna telefonálnia. *Késő bánat.* Korholta magát gondolatban és tovább beszélt reménykedve, hogy sikerül majd kissé megnyugtatnia a feldúlt lányt. – Azt hiszem, csak el akart ijeszteni minket az ásatás helyéről. Lehet, hogy a fanatikus emberek csoportjába tartozik, akik folyamatosan tüntetnek és azt a mantrájukat kiabálják, hogy – védjük meg a múltat és hagyjuk pihenni a halottakat. Folyton megzavarják a régészeti ásatásokat a környéken. –

– De mi van akkor, ha... ha komolyan meg akarna ölni? Akkor mi van? Ki fog megvédeni téged? – kiabálta idegesen Szófia.

– Ne aggódj! Ma felveszünk pár őrt, és megkérem Júliát, hogy aktiválja a riadóláncot. Meg fogjuk találni azt a nőt, bárki is. Ne aggódj, biztonságban leszek. –

– A milyen láncot? – kérdezte Szófia zavartan.

– Nem emlékszel? Amikor te és Dániel eltévedtetek az erdőben, Júlia riasztotta a szomszédokat. A szomszéd elmondta az ő szomszédjának, az meg egy másiknak, és tíz perccel később az egész város tudta, hogy elvesztetek, és mindenki szétszéledt, hogy megkeressen benneteket. Egy órával később találtak rátok. Amint Júlia aktiválja ezt a láncot, ezt az őrült nőt pár órán belül megtalálják. Ne aggódj! –

– Rendben – suttogta Szófia, és szorongása kissé enyhült. – A repülőtéren várni fogsz, igaz?

– Igen, reggel kilenckor érkezik a géped. Ott leszek. –

– Oké, akkor holnap látlak, de nagyon kérlek, légy óvatos! – Szófia könyörgött, és megszakította a hívást. Megpróbálta lecsillapítani felborzolt idegeit, és elkezdett felalá járkálni a szobában. *Jól van, nyugalom. Holnap már ott leszek.* Gondolta, kinézve az ablakon. Meg kell próbálnom aludni még néhány órát. Hosszú lesz a repülőút. Kissé megnyugodva visszament az ágyához, megpofozta a párnáját, lefeküdt, és az oldalára fordult. – Talán álmaim szerelme még mindig vár rám. – Kuncogott, álláig húzva a takarót.

Negyedik fejezet

„A régészet a tények keresése... nem az igazságé. Ha igazságot keresel, Dr. Tyree filozófia órája a folyosó végén van." ~ Indiana Jones

~~~

Botkő Hegy, Magyarország

Jayden, összeszedve gondolatait a húgával folytatott rövid beszélgetés után, leereszkedett a gödörbe, és némán nézte a félig kiásott ősi kardot, de gondolatai az idegen nő gyilkos szándékai foglalták el. *Persze hogy nem Szófia volt. Hogyan is juthatott eszembe ilyen ostobaság? A szemem trükköt játszott velem, mert valamennyire hasonlított az én békés természetű, szerető húgomra. Szófia biztonságban van, és holnap találkozunk.* Kiszorítva a nőt gondolataiból, összegyűjtötte eszközeit. *Erre később még visszatérek, egyelőre a másik lelet fontosabb.* Gondolta, miközben felsietett a létrán, hogy csatlakozzon Helen csoportjához.

Amint a nagyobb gödör felé igyekezett, látta, hogy Péter jön fel az ösvényen, zacskókkal és ételes dobozokkal teli táskákkal megrakodva. Jayden gyomra hatalmasat kordult, emlékeztetve őt arra, hogy utoljára tizennégy órával azelőtt kapott be egy pár falatot.

Rowan, amint meglátta Pétert közeledni, szokatlan fürgeséggel felugrott, besietett a sátorba, és elkezdte kihordani az összecsukható székeket és asztalokat. Péter felnevetett és szokása szerint ugratni kezdte társát: – Csak akkor látlak megmozdulni, amikor ételszagot érzel. Legközelebb majd egy szál kolbászt lógatok az orrod előtt egy botra kötve, akkor talán szívesebben végzed el az ellenőrző körutat. –
~~~

Rowan sértődötten felhorkantott, de mint mindig, csak legyintett egyet és hátat fordított nevető társának. – Bolond lyukból bolond szél fúj – morogta, Jaydenre kacsintva.

Jayden halványan elmosolyodott és szó nélkül csatlakozott Rowanhoz, hogy segítsen kinyitni a székeket, és az asztalok köré helyezni azokat.

Peter szétválogatta az ételes edényeket. – Kész a reggeli! – kiabált, és figyelte, ahogy a csoport tagjai egymás után másznak ki a gödörből.

Amikor kézmosás után mindenki összegyűlt az asztalok körül, Rowan mindenkinek kávét öntött egy nagy termoszból. Evés közben megbeszélték a történelmi szempontból nézve életük legfontosabb leletének minden részletét, és terveket készítettek a maradványok katalogizálására és csomagolására a szállításhoz.

Jayden gyorsan behabzsolt egy sonkás–tojásos szendvicset, és leöblítette egy csésze kávéval. Felállt, és azt mondta Helennek: – Lemegyek. –

– Miért nem pihensz egy kicsit? – kérdezte Helen.

– Túl izgatott vagyok ahhoz, hogy időt pazaroljak. Elvégre is ő az ősöm volt. –

– Értem. Oké, menj. Mi pihenünk egy kicsit, és megbeszéljük a tervet, aztán csatlakozunk hozzád – válaszolta Helen mosolyogva.

Jayden leereszkedett a gödörbe, és letérdelt a női csontváz mellé. A koponyát és a csontváz bal oldalát a tanulók már megtisztították, így Jayden elgyönyörködhetett a gazdagon hímzett tunika maradványaiban. A nőt az évszázad hagyományos hun öltözékben temették el, és kaftánjának maradványai még mindig megőrizték sötétkék színüket. Jayden egy finomszőrű ecsettel óvatosan kefélgette a maradék port a színes virágokkal hímzett tunikáról, amikor egy kerek jáde medált fedezett fel a ruha ráncai között. A medál felületébe négy vonalat véstek bele, amelyek négyzetet formáltak, és egy kisméretű, mély pontot fúrtak a közepébe. *Láttam már ezt a szimbólumot!* Gondolta. *De hol?* A medált nem láncra vagy zsinórra erősítették, hanem a nő mellkasán feküdt, mintha szándékosan helyezték volna oda. *Ezt meg kell mutatnom Szófiának.* Elgondolkodott, és felnézett a gödör szájára, és mivel senkit sem látott, zsebre csúsztatta a jáde medált.

Ötödik fejezet

„Hiábavaló túl messzire előre tekinteni. A sors láncolatában egyszerre csak egy láncszemet lehet megragadni." ~ Winston Churchill

~~~

Bronx, New York

Szófia nem tudott visszaaludni mivel elméjében egymást kergették a zaklatott a gondolatok, és összerezzent, amikor a szomszéd kutya ismét felugatott éles, idegborzoló hangján. Néhány percig csend volt, és majdnem sikerült elszenderednie, amikor az emeleti szomszéd úgy döntött, hogy a nappali felporszívózása egy perccel sem várhat tovább. *Ezért utálom ezt a zsúfolt várost.* Gondolta Szófia, és megpróbálta a párnát füleire szorítva tompitani az öreg porszívó zümmögő, nyöszörgő zaját. Hánykolódott, forgolódott, és akkor meghallotta, hogy a szemetesautó visítva fékez az épület előtt. – Na, ennyi az alvásból és édes álomból – motyogta dühösen a lány, ahogy az utolsó morzsája az álmosságnak kiröppent szeméből.

Ledobta a takarót, és lábát az ágy szélére lendítette. Majdnem elvesztette az egyensúlyát, elfelejtve, hogy mivel csak öt láb négy hüvelyk magas, a lábai nem érik el a padlót a nagynénje régi stílusú magas ágyán ülve. Közelebb csúszott az ágy széléhez, és leugrott. Karcsú testét nyújtóztatva az éjjeliszekrényen lévő hajcsatért nyúlt, és feltűzte hosszú, aranybarna haját.

A konyha felé menet hallotta, amint az utca túloldaláról egy másik kutya, csatlakozva a szomszédban lakó eb szopránjához, mély, öblös hangon ugatja a szemeteskocsit. *Soha nem tudnám megszokni, hogy itt éljek.*
~~~

Gondolta a lány dühösen, miközben a mosogató felé tartott a szűk, elavult bútorzatú konyhában, amelyet kissé megvilágított az utcai lámpa sárga fénye. Szófia felkiáltott a hirtelen fájdalomtól, amikor csosszanó lába alaposan megrúgta a nehéz, fémből készült kukát. – Hogy az a kacifántos – morogta és felnyögött, majd mély lélegzetet vett, és fél lábon ugrálni kezdett, sérült lábujjait szorongatva. Próbált csendben maradni, félt, hogy felébreszti a nagynénjét, de nem tudta az önkéntelenül előtörő nyögdécselését elfojtani.

Lüktető lábujjait masszírozva megpróbálta tompitani a fájdalmat, amikor rohanó lépéseket hallott. Az ajtó felé fordult, és ijedten felsikoltott. Egy homályos rózsaszín alakot látott, aki sebesen közeledett felé a sötét folyosó felől. Szófia ismét felsikoltott, és gyorsan felkapcsolta a villanyt a mosogató felett. A rózsaszín alak fókuszba került a fluoreszkáló fényben, és a lány megkönnyebbülten felsóhajtott, amikor felismerte nagynénjét.

Claire dermedten megállt az ajtóban, hosszú, élénk rózsaszín hálóingében, tátott szájjal, és rózsaszín szivacs hajcsavarókkal a hajában úgy nézett ki, mint egy hatalmas, málnaízű vattacukor. Remegő kezeiben egy vastag, szürke, márvány sodrófát tartott, és elfúló hangon kérdezte: – Jól vagy? – majd fürkészve körülnézett, lóbálva a nehéz sodrófát, készen arra, hogy lecsapjon.

– Nem vagyok jól! Halálra ijesztettél! – Szófia idegességében felnevetett, miközben egy lábon állt, és lüktető lábujjait fogta. – Csak egy pohár vizet akartam, és a sötétben megrúgtam a kukát, majd megtámadtál azzal a… fegyverrel! Nem, igazából nem vagyok jól – kiáltotta, a Claire kezében lévő sodrófára mutatva, és egyszerre akart sírni is a rémülettől, és nevetni is a komikus látványon, amit gömbölyded, tetőtől talpig rózsaszínű nagynénje nyújtott, a márvány nyújtófával kezében.

– Akkor oké. Minden oké. – Claire leengedte a karját, és az asztalra tette a sodrófát. – Azt hittem, hogy betörő vagy. Sajnálom a lábadat. Mutasd csak, hadd nézzem meg. –

Szófia feltette a lábát a székre. – Már nem fáj nagyon, és nem tört el – tiltakozott. – Nézd, tudom mozgatni a lábujjaimat. –

Claire megvizsgálta Szófia lábát, és megfordult, hogy kivegyen egy csomag borsót a fagyasztóból. – Na itt van – dünnyögte, és Szófia lábujjaira tette a jéghideg csomagot. – Én sem hiszem, hogy csontod tört, és a hideg majd pillanatok alatt csökkenti a fájdalmat, és megelőzi a duzzanatot. De azért majd pár napig kék lábujjakon fogsz járni ahogy látom. – Mutatott Szófia máris színeződő nagylábujjára.

Szófia gyanúsan nézegette az asztalon fekvő sodrófát. – Ugye... ugye nem tartod ezt a súlyos fegyvert a szobádban? Nyomhat vagy tíz fontot. –

– Persze, hogy a szobámban tartom! – morogta Claire felháborodva. – Egyedül élek, ezért szükségem van valamire, hogy meg tudjam védeni magam. Igazán szörnyűség, hogy manapság hány lakásba törnek be és képesek agyonverni a lakókat egy pár limlomért. – Hördült fel, és leült az asztal melletti székre, szemben Szófiával.

– Azért örülök, hogy nem tartasz pisztolyt vagy vadászfegyvert a szobádban. – Szófia megreszketett arra a gondolatra, hogy a nagynénje könnyen lelőhette volna, azt gondolva, hogy ő egy betörő.

– Csak ellőném vele a lábujjaimat – nevetett a gömbölyded nő. – De ha fejbe vágnám a betörőt ezzel a tízfontos sodrófával, fogadok azt kívánná, hogy bárcsak inkább puskám lenne. –

– Az biztos! – Szófia felnevetett, és korábbi feszültsége felengedett. – Egy szem álom nincs a szememben ahhoz, hogy el tudjak aludni. Egy csésze forró kakaó pillecukorral nagyon jól esne – mondta, és várakozóan nézett nagynénjére.

– Jó ötlet. – Állt fel Claire és megtöltötte a vízforralót, majd bekapcsolta. – Egyébként miért keltél fel ilyen korán? –

– Jay felébresztett, és... azt mondta, hogy egy nő majdnem megölte. Nem fogod elhinni, de azt mondta, hogy pontosan úgy néz ki, mint én. Ezért hívott, hogy megbizonyosodjon arról, hogy itt vagyok. –

–Mit értesz azon, hogy majdnem megölte? Mi történt? – kiáltott fel Claire fél oktávval magasabb hangon. A vízforraló fütyülő hangját hallva felugrott, kikapcsolta, és kakaót kanalazott a csészékbe, majd forró vizet öntött rá.

Szófia megkeverte a kakaót, kortyolt egyet, és így válaszolt: – Jay azt mondta, hogy a gödörben volt az ásatáson, amikor a nő, aki úgy nézett ki, mint én, egy nyilat lőtt a lyukba. De jól van – tette hozzá gyorsan Szófia, látva nagynénje arcán a rémület kifejezését, majd folytatta. – Jay úgy gondolja, hogy valószínűleg szabotálni akarta az ásatást, és nem látta őt, ami szerintem nevetségesen hangzik. Senki nem lő nyilakat egy gödörbe, hacsak nem célzott meg valamit vagy valakit. –

– Na igen, de hála Istennek, hogy jól van! Soha nem gondoltam volna, hogy a régészet ilyen veszélyes munka lehet – kiáltott fel Claire.

– Én sem. De Jay határozottan állítja, hogy biztonságban van, és hogy több biztonsági őrt fognak felvenni. És azt is mondta, hogy aktiválni fogja Júlia néni pletykaláncát, vagy inkább riadóláncát, nem emlékszem pontosan. Tudod, mi ez a lánc? –

– Ó, igen! – Claire nevetett. – Azt hiszem, minden kisvárosban, ahol mindenki ismer mindenkit, van mindkettő. Egy New Jersey–i kisvárosban laktunk gyerekkoromban, így ismerős. A pletykaláncon mindenki gyorsan értesül a friss pletykákról, és a riadólánc akkor indul be, ha valaki a közösségben bajba kerül és segítségre van szüksége. Azt hiszem, manapság az SMS–ek vagy üzenetek a közösségi oldalakon ugyanúgy működnek. Elmondod a problémádat egy embernek, és öt perccel később az egész város tudja. –

– Igazad van – kuncogott Szófia elpirulva, ahogy eszébe jutott az üzenet, amelyet a legjobb barátnőjének szánt, amiben írta, hogy milyen jól néz ki az új farmerjában a fiú, aki tetszett neki, de tévedésből pont annak a fiúnak küldte el. A fiú aztán öntelten kacsingatott rá és folyton körülötte legyeskedett, amig Szófia csúfondárosan rá nem szólt: – Menj a fenébe. Úgy páváskodsz itt, mint egy kukorékolni tanuló kiskakas a szemétdombon. – A fiú gyorsan lelomboződott és eloldalgott, de mérgében még hetekig próbálkozott pletykák terjesztésével, amit senki nem hitt el neki mivel ismerték és szerették Szófiát. Fejét rázva, mintha ki tudná törölni emlékeiből a kínos emléket, megkérdezte: – Apropó, hogy tudsz itt aludni? Valaki porszívózik az emeleten, kukásautók, buszok és kocsik jönnek– mennek egész nap és egész éjjel. –

– Vagy megszokod, vagy máshová költözöl – kuncogott Claire, vállat vonva.

– Soha nem tudnám megszokni ezt a zajos környéket. Queens sokkal csendesebb. –

– Jay szerencsés volt, hogy a szüleid nem adták el a házat, amikor elköltöztek, így volt hol laknia, amikor elkezdte az egyetemet. Nagyon büszke vagyok arra a fiúra – mosolygott Claire. – Még csak huszonnégy éves, és máris meghívták egy fontos ásatásra. Az biztos, hogy sokat tud a hun történelemről. –

– Igen, rengeteget tanultunk a hunok életéről nagyitól és Júlia nénitől amikor náluk nyaraltunk – tette hozzá Szófia mosolyogva.

– Nagyszerű fiatalember, és a kishúga sem marad el mögötte, aki orvosnak készül. Büszke vagyok rád is kedvesem. – mosolygott Szófiára, aki elpirult a dicsérettől. – Ó, elfelejtettem megkérdezni. Felhívtad tegnap az apádat? –

– Csak néhány percig beszéltünk – Szófia arckifejezése szomorúvá vált. – Anya otthon volt, és apa nem akarta, hogy megtudja, hogy felhívtam. –

– Még mindig nem értem, mi történt. Hogyan kezdődött ez az egész zűrzavar? Miért egyeztek bele a szüleid, hogy Jay legyen a gyámod? Soha nem mondták el nekem. –

– Őszintén? Nem tudom – sóhajtott Szófia. – Jól voltunk, de a nagymama legutóbbi látogatása után minden megváltozott. –

– Mi történt? – kérdezte Claire előrehajolva.

– Három évvel ezelőtt, amikor hazaértem az iskolából, a nappali úgy nézett ki, mintha tornádó söpört volna keresztül rajta. Apa azt mondta, hogy anya és nagymama egész nap veszekedtek, és a nagymama kiviharzott, hátrahagyva a csomagjait. Amikor megkérdeztem, hol van anya, apa azt mondta, hogy kórházba kellett vinnie, mert miután a nagymama elment, anya idegösszeomlást kapott, és mindent összetört, ami a kezébe került. –

– Igen, ez három évvel ezelőtt volt. Apád azt mondta nekem, hogy anyukád hetekig kórházban volt, de soha nem mondta el, miért. –

– Miután anya hazajött a kórházból, elkezdett kritizálni mindent, amit mondtam vagy csináltam, és egy idő után már minden nap leszidott valamiért. A legapróbb dolgokért is dühösen kiabált rám, például azért, hogy nem töröltem le a vízcseppeket a zuhanyzó ajtajáról, vagy hogy válaszoltam a barátnőm hívására az autóban. Soha semmit nem tudtam jól csinálni. És akkor... elkezdett ütni... Nehezen tudtam elrejteni a kék foltokat. Apa csak azt mondogatta, hogy legyek türelmes, és próbáljak meg a kedvében járni, de amikor egyszer anya olyan erősen rángatta a karomat, hogy kificamította a vállamat, felhívtam Jaydent a kórházból. Nem bírtam tovább. Jay hosszú beszélgetést folytatott anyával és apával, és megegyeztek, hogy ő legyen a gyámom. Ekkor költöztem New York északi részéből Queensbe. –

– Jó lépés volt. Mindenki boldogabb igy, de nem értem, mi késztethet egy anyát arra, hogy elűzze magától egyetlen lányát. – Claire szomorúan rázta a fejét. –

– Amikor megvert, minden alkalommal bocsánatot kért, és egyszer mondta, hogy úgy érzi mintha sűrű köd lepné be az agyát, amikor rám néz, és nem tud magán uralkodni. Azt mondta, hogy nem tehet róla, és azt is, hogy átok ül rajta. –

Claire átnyúlt az asztalon, hogy megfogja Szófia kezét. –Olyan szomorú. De Jay vigyáz rád. –

– Igen, boldog vagyok, hogy befogadott. –

Claire elmosolyodott, majd megváltozott az arckifejezése. – Sajnálom a nagymamádat, jó asszony volt. Júlia felhívott, amikor három hónappal ezelőtt elhunyt. Nem láttam őt, mióta visszaköltözött Magyarországra. –

– Én is nagyon régen láttam nagyit. Emlékszem, kilenc évesen mennyire lesújtott, amikor nem tölthettük tovább nála a nyári szünidőket. – Szófia felsóhajtott.

Claire felállt, megölelte a lányt, és gyengéden megsimogatta a hátát. – Tudom, hogy fáj sok minden, de nem a te hibádból történt, ami történt.

– Tudom, de most nem akarok erről beszélni. – hajtotta le fejét Szófia. – Mielőtt Jay felébresztett, nagyon furcsa és ijesztő álmom volt – ismerte be.

– Meséld el – biztatta Claire. – Tudod, elég jó vagyok az álmok értelmezésében – mondta, és előrehajolt, könyökét az asztalra téve.

– Kínos volt – pirult el Szófia. – Az álom első részében meztelen voltam, és mindenki nevetett rajtam. –

– Ez könnyű! Tipikus vizsgaláz álom. – Claire elmosolyodott. – Ez azt jelenti, hogy szorongsz valami miatt, amitől félsz, de tudod, hogy meg kell tenned. Nem csoda, mivel holnap átrepülsz az óceánon. –

– Tényleg? Oké, de a második rész furcsa volt. Üldöztem egy nőt, aki úgy nézett ki, mint én, és egy sikoltozó csecsemőt tartott a kezében. De nem tudtam utána futni, mert a lábaim olyanok voltak, mint a kocsonya. –

– Nos – vakarta a fejét Claire elgondolkodva. – Ez inkább előérzetnek hangzik. Orvosnak készülsz, így tudat alatt eleget szoronghatsz azon, hogy eleget tanulsz–e ahhoz majd, hogy életeket ments. Talán a jövőben olyan helyzetbe kerülsz, ahol esélyed lesz megmenteni egy gyermeket. Az előérzetek gyakran abban nyilvánulnak meg, hogy egyszerre látjuk magunkat szorongásaink miatt elkövetőként és megmentőként is. –

– Talán igazad van – értett egyet Szófia. – A harmadik rész... hát ez kicsit ... egy fiú megcsókolt. Idegen volt, de nagyon ismerős volt a bőrének illata, és olyan érzés árasztott el a közelében, amit még soha nem éreztem. –

– Ez is könnyű – nevetett Claire. – Majdnem tizennyolc éves vagy, tehát a tested és az érzékeid hormonokkal telítettek. Természetes, hogy ilyen vágyálmaink vannak. Az illata? Valószínűleg egy rég elfeledett emlék próbált felszínre törni. –

– Igen, ennek kell lennie. – Szófia felemelte a poharát, és kiürítette forró csokoládéjának utolsó cseppjeit. – Azt hiszem, meg kellene próbálnunk egy kicsit még aludni. Most már nyugodtabbnak érzem magam, talán el tudok aludni. –

– Igen, jó ötlet. – Claire felállt és megölelte Szófiát, elkísérte a szobájába, és egy törülközővel becsavarta a lábát, a fagyasztott borsót a lábujjaira helyezve. – Amint elalszol, azonnal lerúgod majd, de addig is segít. –

Miután egy ideig hánykolódott és forgolódott, Szófia elaludt, és tizenegy körül ébredt fel. Megebédeltek, és Szófia úgy döntött, hogy újra csomagolja a bőröndjét. A lábujjai érzékenyek voltak, de a kényelmes papucscipőjében nem volt túl rossz. Addig piszmogott a bőrönddel, hogy amikor az órára nézett, pánikba esett. *Jaj, nem késhetem le a gépet!* A fürdőszobába sietett, gyorsan lezuhanyozott, és a ruháért nyúlt, amelyet a repülőútra előkészített. De meggondolta magát. Kékeszöld színű pólót, farmert és kényelmes tornacipőt húzott.

Hatodik fejezet

„Hogy a sors árnyéka vagy a sors fénye érint, attól függ, hogy melyik irányba fordulsz." ~ Terri Guillemets

~~~

Szófia és Claire busszal mentek ki a repülőtérre, és két órával a járat menetrend szerinti indulása előtt bejelentkeztek. Miután a papírmunka befejeződött, és az ügyintéző készen állt arra, hogy Szófiát a terminálba kísérje, Claire még egyszer megkérdezte: – Biztos vagy benne, hogy rendben leszel, ha egyedül repülsz? Bárcsak veled mehetnék... De tudod, a repüléstől való félelmem erősebb, mint a kívánságom... Sajnálom! –

– Claire néni, tizenhét éves vagyok, és technikailag majdnem tizennyolc. Ne aggódj, már nem vagyok gyerek. Tudok vigyázni magamra. – Szófia sértődötten pillantott nagynénjére.

– Jól van, na. Ne húzd fel az orrod. Csak biztos akartam benne lenni, hogy nem félsz – morgolódott Claire.

Elbúcsúztak, és Szófia követte az ügyintézőt. A kapuban a középkorú csinos nő átadta a papírjait a légiutas–kísérőnek, aki kedvesen mondta neki, hogy várhat a váróteremben, vagy nyugodtan elmehet a kávézóba. Szófia elsétált a kávézóba. A nagy terem nyüzsgött a különböző nyelveken beszélő emberektől.

Talált egy üres asztalt, és miközben forró csokoládéját kortyolgatta, kinyitott egy könyvet a táblagépén, és olvasni kezdett. Bár a szeme követte a vonalakat, az elméje keveset regisztrált abból, amit olvasott. Jaydenre gondolt, és aggodalom töltötte el. Aztán eszébe jutott, milyen jól érezte
~~~

magát furcsa álmában. *Annyira szeretném, ha valóban így érezhetnék,* gondolta, és felidézte a derűs boldogságot és az álomfiú puha ajkait az övén.

– Valami jót olvasol? – döbbentette meg Szófiát egy kellemes, enyhe akcentusú hang, és egy másodpercbe telt, mire gondolatai visszatértek a valóságba. Felnézett, és egy magas, szőke, jóképű fiatalembert látott, aki rámosolygott, és angolul megkérdezte az asztal túloldalán lévő üres székre mutatva. – Szabad ez a szék? –

– Persze, – mosolygott rá Szófia, és visszanézett a táblagépére.

– Magyarországra repülsz? – kérdezte megint a férfi.

– Igen – Szófia válaszolta, de nem nézett fel. A férfi kellemesen mély hangja megbizsergette érzékeit. *Olyan illata van, mint az álmomban lévő férfinak... de nem emlékszem kire emlékeztet ez az illat. Miért nem emlékszem?* – gondolta, kétségbeesetten kutatva az elméjében.

– Én is. Ott élek. Apámmal két hetet töltöttünk Manhattanben, és most megyünk haza. –

– Élvezted a nyaralást? – kérdezte Szófia udvariasan.

– Igen, nagyon. Budapesten fogod tölteni a vakációt? –

– Nem, egy kisvárosba megyek az ország északkeleti részébe. – Szófia becsukta a könyvet a táblagépén, beletörődve abba, hogy olvasás helyett beszélgessen a fecsegő hangulatú fiatalemberrel. *Talán csak egy kicsit ideges a repülés miatt, és örül, hogy talál valakit, akivel beszélgethet,* gondolta.

Szófia telefonja üzenet érkezését jelezte: – Elnézést– mondta, és a képernyőre nézett. Egy SMS volt Jaydentől: *Minden a tervek szerint halad?*

Szófia visszaírta: *Igen, a repülőtéren vagyok, nemsokára indulunk.*

Jayden így válaszolt: *Lehet, hogy egy kicsit elkések holnap. Reggel újra írok neked SMS–t.* A szöveget a szív emoji követte.

Szófia visszaküldött egy szív emojit, és visszatette a telefont a zsebébe. – A bátyám – magyarázta, észrevéve a fiatalember kérdő arckifejezését. – Magyarországon van, és kicsit későn fog érkezni a repülőtérre reggel. –

– A mi kocsink a budapesti hosszú távú parkolóházban van. Azt mondtad, hogy az északkeleti részre mész, mi Sárospatakon élünk, igy útba esik. –

– Micsoda véletlen! Én is oda megyek – mosolygott Szófia meglepetten. – Nagyon kedves tőled, hogy felajánlod, de ha késik a bátyám, majd megvárom a reptéren. –

Az órájára pillantva a férfi azt mondta: – Olyan csodálatos véletlen, hogy a szülővárosomban leszel. Talán egyszer megihatunk egy csésze kávét. A pékségünk készíti a legjobb krémest. –

– Persze, szívesen – válaszolta Szófia, és kortyolgatta az utolsó csepp csokoládét a csészéjéből, és felállt. – Azt hiszem, itt az ideje beszállni. – Kikapcsolta a telefonját, és a táskája zsebébe tette.

Elsétáltak a terminálhoz, és elváltak, amikor a barátságos fiatalember elment, hogy megkeresse az apját.

***

Szófia az ablak mellett találta meg a helyét. Körülnézett, és meglátta a barátságos fiatalembert egy középkorú férfival néhány sorral hátrébb. *Ez a fiú körülbelül annyi idősnek tűnik, mint én. Olyan ismerősnek tűnik...* A férfi intett és mosolygott. Szófia gyors mosolyt villantott rá, bólintott és visszafordult. Kivett egy regényt a kézipoggyászából, és elhelyezkedett a hosszú repülőútra.

Pár perccel később hangos szuszogás és csoszogó lábak nesze zavarta meg az olvasásban. Áporodott izzadtságszag jelezte a magas ember érkezését, valamint a ziháló hangok, ahogy hatalmas hasizmai küzdöttek, hogy kinyomják a levegőt a tüdőjéből. A férfi megállt a székénél, és rámosolygott. *Jaj, ne! Mellettem van az ülése. Ez aztán érdekes lesz,* gondolta Szófia, látva egy mentális képet, ahogy a hatalmas test az ablakhoz lapítja. Hirtelen elszégyellte magát, amikor a férfi bocsánatkérő mosollyal rápillantott, mintha olvasna a gondolataiban.

Analitikus elméje megpróbált érvelni. *Lehet, hogy érzelmi evő, vagy hormonális egyensúlyzavara van, vagy talán pajzsmirigy–betegsége, mint Claire néninek. Ő a műtét után sokat hízott.* Tehetetlenül nézte a férfit, aki megpróbálta hatalmas testét a mellette lévő ülésbe préselni. A férfi megragadta az előtte lévő ülés háttámláját, megdöbbentve az ott ülő idős hölgyet, aki hátrafordult, és bosszús, undorodó pillantást vetett rá. A férfi figyelmen kívül hagyta a nőt, hatalmas hasát és hátulját az ülések közé erőszakolta, hogy beférjen, de hiába.

A légiutas–kísérő észrevette a küszködését, és odasietett: – Uram, lehet, hogy kényelmesebben érzi majd magát az első sorban. Ott több lábtér van – említette, és együttérzően mosolygott.

A férfi megrázta a fejét: – Nem beszél. – Szófia feltételezte a kiejtésből, hogy a férfi beszél magyarul, ránézett, és lefordította neki, amit a légiutas–kísérő mondott.

– Nagyon köszönöm! Megköszönné a hölgy kedvességét a nevemben? – A férfi láthatóan megkönnyebbülten mosolygott a légiutas–kísérőre. Szófia lefordította válaszát. A nő bólintott, és intett a férfinak, hogy kövesse őt. Bár sajnálta a férfit, Szófia megkönnyebbülten sóhajtott.

A felszállás sima volt, és amint kikapcsolta biztonsági övét, Szófia meglátta a szőke férfit a szeme sarkából, amint a folyosón állt, és közelebb hajolt. – Szabad? – Mutatott a mellette lévő üres ülésre.

– Igen, persze. Az a szegény ember egy kicsit kényelmesebb ülést kapott. –

A férfi leült és Szófiához fordult. – A szülővárosomban lakik. Kisgyerekkorom óta ismerem. Nem volt mindig ilyen állapotban. Néhány évvel ezelőtt tragikus autóbalesetben vesztette el egyetlen fiát és feleségét, amikor New Yorkban nyaraltak. Azóta minden évben ellátogat a baleset színhelyére. –

– Micsoda tragédia. – Komorodott el Szófia.

– Igen, az. – A férfi szomorú arckifejezéssel bólintott. – Ó, már ide akartam jönni segíteni neki, amikor hallottam, hogy magyarul beszéltél az utaskisérővel. Láttam felszállásnál, hogy amerikai útleveled van, de a magyarod tökéletes. Hol tanultál? A magyar nem könnyű nyelv. – váltott át angolról magyarra.

– A nagymamám Magyarországon született. Fiatal korában költözött az Egyesült Államokba, de nagyapám halála után visszaköltözött. Gyerekkorunkban a bátyámmal minden nyarat a nagymamámmal töltöttünk, egészen kilenc éves koromig. – Szófia szeretettel emlékezett azokra a nyarakra. – Nem engedte, hogy angolul beszéljünk a látogatásaink során. A te angolod meglepően jó. Hol tanultál? – Szófia félre simította haját a homlokából, majd kihúzta a nyakláncát a pólója alól, és önfeledten morzsolgatta az ujjai között.

A férfi meredten nézte a láncot mielőtt válaszolt: – A legjobb barátomtól tanultam, amikor gyerek voltam. Az a gyűrű a nyakláncodon... Honnan vetted azt a gyűrűt? – kérdezte szinte követelő hangsúllyal a hangjában.

– Egy gyerekkori barátomtól kaptam. – nézett rá Szófia meglepetten.

A férfi szeme felcsillant, és arca kipirult az izgalomtól. – Szófia? – kérdezte reménnyel a hangjában. – Te vagy az? Te vagy az! Nézd! – Kihúzott egy bőrzsinórt az ingéből, és megmutatta neki a zöld köves barátsággyűrűjét.

– Ez nem igaz! Dániel? – Szófia felkiáltott, amint emlékek rohantak át az agyán. *Dániel. Évek óta nem gondoltam rá. Istenem! Olyan jó barátok voltunk, és alig vártam a nyári vakációt, hogy láthassam. Miért nem ismertem fel őt?*

– Igen, én vagyok az – válaszolta Dániel. – Szófia, nagyon hiányoztál! Nem ismertelek fel, mert sokat változtál, de olyan ismerősnek tűntél a repülőtéren. Ezért szólítottalak meg, amit szinte soha nem teszek... Úgy értem... hogy csak úgy odamegyek minden csinos lányhoz. –

– Én sem ismertelek fel. Nekem is hiányoztál, Dániel. – Szófia hirtelen rájött miért volt olyan ismerős a férfi illata, és meghatódott. – Levendula és muskátli! Még mindig azokat az illóolajokat használod, amelyeket a nagymamám kevert neked, hogy enyhítse az ekcémád viszketését. –

– Bizony! Még emlékszel – Dániel suttogta, és arckifejezése ellágyult.
– Régen kinőttem az ekcémát, de annyira hozzászoktam az olaj illatához,
hogy zuhanyozás után még mindig használok néhány cseppet. –

– Nagyi készítette nekem a gyöngyvirág illatú parfümolajat is... hogyan
is felejthettem el? – emlékezett vissza Szófia. – Anyukám megtiltotta, hogy
használjam, és eldobta az üveget. – mondta haraggal a hangjában.

– Imádtam azt az illatot, és még mindig imádom. Édesanyám is
gyöngyvirág parfümöt visel, ami mindig rád emlékeztet, és azokra a
csodálatos nyarakra, amelyeket gyerekként együtt töltöttünk. –

– Nagyon szomorú voltam, amikor a szüleim azt mondták, hogy többé
nem látogatjuk meg a nagymamát. A nagymama visszaküldte a leveleket,
amiket írtam neked, és amikor felhívtam, azt mondta, hogy a családod
elköltözött, és nem tudja, hol laksz. –

Dániel megfordult az ülésen, és Szófia kezéért nyúlt. – Azt hittem,
megfeledkeztél rólam. Kétségbeesetten kerestelek. Egyszer, amikor egy
Duna–parti városban laktunk, vonatra szálltam, és elmentem a
nagymamádhoz. Dühös volt, és azt mondta, hogy felejtselek el téged, mert
soha többé nem jössz vissza. Amikor nem voltam hajlandó elmenni, kihívta
a rendőrséget, hogy vigyenek haza. –

– Nem értem, miért mondott ilyesmit – Szófia elgondolkodva
merengett.

– Soha nem tudtam meg. – Dániel hangja szomorúvá vált.

– A nagymama elhunyt, és a házát a bátyámra, rám és Júlia nénire
hagyta. A bátyám is ott van, és én is ott maradok egész nyáron. –

– Nagyon boldog vagyok, hogy végre látlak. Emlékszel az utolsó napra, amit nyolc évvel ezelőtt együtt töltöttünk? –

Szófia szeme bepárásodott, ahogy a gyűrűjét babrálta, és emlékek árasztották el. Nagy becsben tartotta a gyűrűt, amelyet Dániel adott neki utolsó látogatásának utolsó napján, amikor megcsókolta... *Eszembe jutott az a csók álmomban,* gondolta. *Igen, a tudatalattim nem felejtett. Az álmomban lévő csók pontosan olyan érzés volt, mint a mi csókunk oly régen. Olyan fiatalok voltunk. Azt hiszem, azért zártam ezt az emléket a tudatalattimba, mert nagyon fájt, amikor a szüleim megtiltották, hogy visszamenjek, és Dániel soha nem válaszolt a leveleimre.* – Te is megtartottad a gyűrűt – mondta hangosan.

– Anyukám arannyal vonatta be, és a zöld üveget smaragddal helyettesíttette. –

– A bátyám ugyanezt tette. Nézd, a kék üveget zafírra cseréltette. –

Dániel megfogta Szófia kezét, és nagyot nyelt, próbálva megszabadulni a torkában lévő gombóctól. – Nagyon igyekeztem, hogy megtaláljalak, de a szüleim mindig elhallgattattak, amikor megkérdeztem hol vagy. – Apró, szomorú mosoly játszott az ajka sarkában, miközben folytatta: – Évek óta keresgélek a neten és a közösségi oldalakon, de nem találtam semmit rólad. –

Szófia felszisszent, amikor megértette. – A szüleim megváltoztatták a vezetéknevünket, röviddel az utolsó látogatásunk után, amikor az öcsém és az ikertestvérem meghaltak. Apu azt mondta, hogy új kezdetre van szükségünk, és az ő nevét, Warrent, anyám vezetéknevére, Hunyadira változtatta. Nagyon tetszett az új nevünk, és gyorsan megszoktam.

Érdeklődtem felőled, és meg akartalak látogatni, de a szüleim megtiltották. Elvittek minket nyaralni Új–Zélandra és sok más helyre, és soha többé nem engedtek Magyarországra. A nagymama egyszer meglátogatott minket, de a látogatása rövid volt, és hatalmas veszekedése volt anyámmal. –

– Nem csoda, hogy nem találtam semmit, Szófia Warrent kerestem, a nevet, amit ismertem. Szívem mélyén mindig éreztem, hogy a sors egy nap újra összehoz minket. – mondta csillogó szemmel.

– Úgy tűnik, hogy igen. Olyan érzésem van, mintha agymosást kaptam volna, és a fátyol most hirtelen felemelkedett az emlékekről. Mindenre emlékszem. – suttogta Szófia.

Dániel vett egy mély lélegzetet, és tétován megkérdezte: – Említetted az ikertestvéredet, Améliát, amikor te és Jayden a nagymamádnál voltatok, de soha nem találkoztam vele. –

– A szüleim soha nem engedték, hogy velünk jöjjön. Anya azt mondta, hogy túl beteg ahhoz, hogy utazzon, és otthon kell maradnia. Kilencéves korunkban halt meg. –

– Sajnálom. –

– Ez... Rendben van. Nem voltunk olyan közel egymáshoz. Mivel beteg volt, anya nem engedte, hogy játsszon velem. Sok időt töltött a kórházban, és amikor otthon volt, egy nővér volt vele állandóan. Ez már régen volt. – Szófia mindig szomorúságot érzett, amiért soha nem volt igazán esélye kötődni a húgához. Amikor kislány volt, néha leült és elképzelte, hogy milyen lenne Améliával játszani mint más ikrek. Sóhajtott, és a kis ablakon keresztül bámulta a felhőket.

Dániel érezte, hogy gondolatai a rég elveszett múltba sodródnak, de egy rövid, kínos csend után összeszedte a bátorságát, hogy az elszomorodott lány gondolatait visszavezesse a jelenbe. Habozva kérdezte: – nem is tudom... talán nem kellene megkérdeznem... –

– Szingli vagyok – felelte Szófia, kitalálva, amit Dániel kérdezni akart, és kissé megrázta a fejét. – Te? – – kérdezte, legbelül remélve, hogy nemleges választ kap.

– Én is. Kérlek, ne nevess ki, de soha nem találtam olyan lányt, akihez olyan közel éreztem volna magam, mint hozzád, amikor gyerekek voltunk. És soha nem felejtettem el a csókunkat... az egyetlen csókunkat. – Lehajtotta a fejét, majd vastag szempilláin keresztül felnézett Szófiára.

– Igen, csodálatos idők voltak – emlékezett vissza Szófia. – A szádnak rágógumiszaga volt – nevetett.

– Ó, igen – nevetett Dániel. – Imádtam a rágógumit, és a fogkrémem is ugyanolyan ízű volt. –

– Emlékszem! A fogkrém neve Hófehérke volt. –

– És azt mondtad nekem, hogy angolul Snow White. Minden nap új szavakat tanítottál nekem. – Mosolygott, hátra dőlve a székben.

– És te meg állandóan javítottad a magyar nyelvtanomat. De aztán... Nem hiszem el, hogy annyira megváltoztunk, hogy nem ismertük fel egymást – mondta Szófia álmodozva, visszaemlékezve az együtt töltött gondtalan, kalandokkal teli nyarakra.

– Én is, de nagyon boldog vagyok, hogy végre egymásra találtunk. –

A légiutas–kísérő elkezdte felszolgálni a vacsorát, és miután befejezték az evést, folytatták a boldog emlékek felidézését. – Emlékszel, amikor leestél a szikláról, és ó, amikor megtaláltuk azt a sérült varjút, és tényleg, mi történt azzal a gonosz fiúval? –

A légiutas–kísérő néhányszor rájuk pillantott, de amikor az utasok elkezdték elhalványítani a lámpáikat, udvariasan megkérte őket, hogy próbáljanak meg aludni. Engedelmeskedtek, és aludtak néhány órát.

＊

Az álom visszavitte Szófiát abba az időbe, amikor gyerekek voltak. A szomszéd lovain lovagoltak az erdőben, majd úsztak a folyóban, és megmentették az apró cicákat, amelyeket egy kegyetlen nő dobott a folyóba. A pályán fociztak Dániel barátaival, majd kiosontak a kávézóból anélkül, hogy fizettek volna a süteményekért. Szófia lassan kinyitotta a szemét, és Dániel felé fordult, aki mosolyogva nézett rá. – Emlékszel a krémesekre? Soha nem fizettünk értük. –

Dániel nevetett: – Igen! Annyira bűnösnek éreztem magam, hogy másnap betörtem a malacperselyembe, és visszamentem fizetni a süteményekért. Egyébként jó reggelt. –

– Hol van a modorom? Jó reggelt – fojtott el egy ásítást Szófia. Elnézést kért, és kiment a mosdóba, hogy megmosakodjon egy kicsit, és megmossa a fogát. Amikor végzett és elfoglalta a helyét, a légiutas–kísérő elkezdte felszolgálni a reggelit, és bejelentette, hogy körülbelül egy óra múlva leszállnak.

Az idő gyorsan telt, és hamarosan érezték, hogy a hatalmas gép ereszkedni kezd. Hamarosan madártávlatból látták Budapestet, a Budát és

Pestet elválasztó Dunát. Dániel átadta a telefonját Szófiának, és megkérte, hogy készítsen néhány képet, miközben a repülőgép körbejárja a várost, mielőtt elfoglalja a pozíciót a repülőtérre való végső leszálláshoz.

A leszállás zökkenőmentes volt, és mindenki tapssal és éljenzéssel köszönte meg a kapitánynak és a repülőszemélyzetnek a biztonságos repülést. A gép felgurult az érkezési fedélzetre, az utasok pedig elkezdték összeszedni a csomagjaikat, és felsorakoztak a folyosókon, hogy kiszállhassanak a gépből.

Szófia bekapcsolta a telefonját, és elolvasta a bátyja üzenetét: *A parkolóban vagyok. Találkozunk az érkezési kapunál.*

Dánielhez fordult. – Jayden már itt van, vár. –

– Nagyszerű hír. – Dániel felnézett az apjára, amikor észrevette, hogy a széke mellett áll. – Apa, emlékszel Szófiára? –

A férfi elmosolyodott, és kézfogásra nyújtotta a kezét. – Emlékszem egy szeplős, nyúlánk, copfos kislányra – nevetett. – Most egy gyönyörű hölgyet látok magam előtt. Dániel azt mondja, hogy a nagymamád házában maradsz Júliával. Gyere át holnap hozzánk ebédre. A fiam nagyszerű szakács. – Kacsintott.

– Köszönöm a meghívást – válaszolta Szófia, és csillogó szemmel Dánielhez fordult. – Főzöl? Akkor hát akkor téged meg kell tartani. – Elpirult, amint a szavak elhagyták a száját: – Úgy értem... na ez nagyon sután hangzott. Csak nagymama... Mindig azt mondta, hogy a férfi, aki szeret főzni, azt meg kell tartani. –

– Emlékszem a nagymamád bölcs mondásaira... és a fakanalára is. – Dániel nevetett, majd így folytatta: – Nagyon gyorsan odacsapott a hosszú nyelű fakanállal, amikor átléptük a szabályainak láthatatlan határát. –

– Igen, szigorú volt. – Szófia kuncogott. – De gyorsan megtanultuk követni a szabályait. –

Telefonszámot cseréltek, elbúcsúztak, és Dániel elment az apjával a magyar lakosok kijárata felé. A légiutas–kísérő, az ellenőrző pont után, Szófiát a váróterembe vezette. – Szófia! Hallotta Jayden hangját, és amikor feléje nézett, látta, hogy a bátyja ott áll az ajtóban, borotválatlanul és kócosan, kifakult farmerben és poros tornacipőben.

Szófia odarohant, megölelte, majd egy lépést hátrált: – Olyan szagod van, mintha egy döglött patkányt hordanál a zsebedben! Mikor mosakodtál utoljára? – Grimaszolt.

– Sajnálom, nem volt időm zuhanyozni. Az ásatás helyén aludtam a sátorban. –

– Jól vagy? Láttad még azt a nőt? – kérdezte Szófia aggódva.

– Nem. De minden esetre a főnök felvett egy pár markos biztonsági őrt. A csoportom és a rendőrség egyetértett abban, hogy ez ő biztosan egy fanatikus, aki szabotálni próbálja a munkánkat. –

– De azt mondtad, hogy úgy néz ki, mint én. Nem találod furcsának? –

– Nem tudom. Talán a szemem káprázott. A nap ragyogott, én pedig egy mély gödörben voltam, és felnéztem. Talán csak azt hittem, hogy úgy néz ki, mint te, mert rád gondoltam. Mindegy, menjünk. – Gyorsan aláírta a papírokat, amelyeket az ügyintéző átadott neki, és elmentek Szófia poggyászáért.

– Találd ki, kivel futottam össze a New York–i repülőtéren – mondta Szófia mosolyogva, miközben a bal vállára tette a kézitáskát.

– Kicsodával? – kérdezte Jayden.

– Dániellel. New Yorkban volt az apjával. Nagyon örülök, hogy összefutottunk. Az apja meghívott ebédre, amit Dániel fog főzni. –

– Ó, persze hogy emlékszem – válaszolta Jayden. – Bizony! A kis játszótársad. Mindig szerettem Dánielt. Jó gyerek volt. –

– Nagyszerű barát és a legjobb játszótárs volt – emlékezett vissza Szófia.

Jayden rövid nevetést hallatott. – Emlékeztess, hogy köszönjem meg neki, hogy egész nyáron elfoglalt. –

Szófia elmosolyodott, és kötekedve azt mondta: – Igen. És nem kellett foglalkoznod az idegesítő kishúgoddal, így egész nap focizhattál a fiúkkal. –

Jayden vállat vont és nevetett. – Én tízéves voltam, te pedig négy. A babáid öltöztetése volt az utolsó dolog, amire vágytam. –

– El tudom képzelni – ismerte el Szófia. – És nem mindig játszottunk a babáimmal. Azok voltak a legjobb nyarak. – Felsóhajtott.

– Igen, azok voltak a legjobb nyarak – reagált Jayden nosztalgiával a hangjában. – Itt vagyunk. Figyeld a bőröndödet. – mondta a futószalagra mutatva, ahol a csomagok éppen megjelentek a New Yorkból érkező gépről.

Hetedik fejezet

„A döntés pillanataiban alakul a sorsod." ~ Anthony Robbins

~~~

Budapest

Jayden sietett a parkolóház felé Szófia csomagjaival. – Lassíts már le, Jay – kiáltotta Szófia, miközben lemaradt mögötte a kézitáskájával. –Nem tudok lépést tartani, ha így rohansz. –

– Bocsi. – Jayden hátranézett, és kissé lelassított. – Alig várom, hogy megmutassam, mit találtam, és elmondjam, mi történt az ásatáskor. Nem fogod elhinni! –

– Csak nem elhoztad? – rémült meg Szófia.

– Itt is vagyunk – Jayden figyelmen kívül hagyta Szófia kérdését és előhalászta zsebéből a kocsikulcsot. A viharvert Porsche a nagymama autója volt, Jayden gyorsan bepakolta a bőröndöket a csomagtartóba. Kinyitotta az ajtót, beszálltak az autóba, és Jayden izgatottan előhúzott egy táskát az ülés alól. Elhúzta a cipzárt, és kivett egy csomagot, amely régi megjelenésű bőrlapokba volt csomagolva. Amikor Jayden kicsomagolta, Szófia meglátott egy halom bőrlapot egymáson, ami az egyik oldalon nagy öltésekkel volt összevarrva. Átadta Szófiának. – Ezt a nagyi házában találtam. Úgy néz ki, mint egy kezdetleges könyv, amely összevarrott bőrlapokból készült és ősi hun rúnákkal íródott. Azt hiszem, a betűket beleégették a bőrbe. Meg kellett volna tanulnom a nagymamától, hogy úgy olvassam, ahogy te. –
~~~

Szófia megtapogatta a puha bőrt. – Nagyon égi lehet, és még mindig milyen puha és hajlékony– tűnődött. – Nézd, a Szent Turul van beleégetve a fedelébe! –

– A Szent Turul vezessen és védjen utadon – skandálták azt az ősi sort, amelyet a legősibb hun családok suttogtak, amikor megláttak egy sólymot, élve vagy festve. Jayden kuncogott. – Azt hiszem, ez az egyetlen sor, amit valaha is felismertem, amit az ősi rúnákkal írtak. –

– Az ősi hun mitológiában Turul nevű sólyom szelleméről úgy tartják, hogy a hunok védelmezője – idézte Szófia. –A mi családunkra nem terjesztette ki védő szárnyát. – suttogta.

– Fel a fejjel. Az egyszer biztos, hogy sok baj ért minket, de ami megtörtént az már a múlté. De most már rendben vagyunk. Mi jóra változtatjuk a jövőt. –

Szófia arca felderült. – Nagyi is sokszor mondta, hogyha állandóan a múlton rágódsz, elfelejtesz élni a jelenben. –

Jayden beindította az autót. – Most már mérges vagyok magamra, hogy nem tanultam meg az ősi nyelvet nagyitól. De mivel alig várom, hogy megtudjam, miről szól ez az írás, magammal hoztam, és reméltem, hogy hazafelé menet elkezded lefordítani. –

– Igen, rengeteg időnk lesz a hosszú úton – nevetett fel Szófia. – Ha jól emlékszem, körülbelül négy órás autóútra vagyunk a nagymama házától. –

Szófia mindjárt elkezdte forgatni a bőrlapokat, amig Jayden kilavírozta a kocsit a garázsból. A repülőtér közelében nagy volt a forgalom, de hamarosan északkelet felé haladtak a sima autópályán.

– Szóval, mit gondolsz? – kérdezte Jayden, a könyvre mutatva, amely Szófia ölében hevert.

– Ez hihetetlen! – kiáltott fel Szófia. –Minden oldal világos, mintha tegnap írták volna. A rúnákat balról jobbra írják, ami megkönnyíti az olvasást. Van néhány szó, amit nem ismerek, de úgy tűnik, mintha egy Elána nevű lány története lenne, és egy Zoán nevű sámán írta. Amikor a nagymama tanított, azt mondta, hogy a hun írás jobbról balra íródott, de a sámánok az ellenkezőjét tették, és balról jobbra írtak. –

– Ha nem a focin járt volna az eszem, most én is el tudnám olvasni! – kiáltotta Jayden bólintva. –Alig várom, hogy halljam. –

– Hát igen, te fociztál és lányok után jártál, amikor a nagymama leckéket adott nekem– – nevetett Szófia bátyját ugratva.

–Igen, nem sokat törődtem azzal, hogy tanuljak a nyári vakációm alatt, az biztos. –

– Nem ám – nevetett Szófia, miközben visszalapozott az első oldalra. –Oké, hadd fordítsam le ezt az oldalt. –

Jayden a Szófia ölében nyitott lapokra pillantott. –Várj csak! – kiáltott fel, megakadályozva, hogy Szófia lapozzon. – Mi ez a szimbólum ott? –

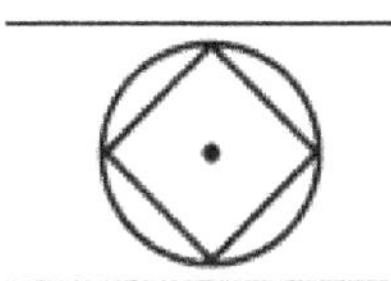

– Erre a körön belüli négyzetre és a közepén lévő pontra gondolsz? – kérdezte Szófia, ujját a bőrbe égetett szimbólumra téve.

– Igen. Ez a szimbólum a nagymama bejárati ajtaján van. –

– Emlékszem, amikor a nagyi belefaragta a keretbe. Azt mondta, hogy távol tartja a rossz embereket, és a sámánok arra használják, hogy megtörjék az átkokat. –

Jayden kinyitotta a száját, de habozott, és az ingzsebébe nyúlva elővette a zölden fénylő medált, és átnyújtotta Szófiának. – Elloptam az ásatásról. – Ismerte be kínosan. – Amikor megtaláltuk egy gyógyító csontvázát, akit a lovával együtt temettek el. Nem fogod elhinni, de jáde gyűrű volt az ujján, a repülő sólyom címerrel, ami kardot tart a talonjaiban. –

Szófia hitetlenkedve nézett bátyjára. –Ez a mi családi címerünk. Ő volt az ősünk – suttogta.

– Igen! – mondta Jayden. – Holnap felviszlek magammal az ásatás helyszínére, hogy megnézhesd.

– Mi lesz a maradványaival, miután befejezted az ásatást? – kérdezte Szófia, arckifejezése keserű gondolatokat takart.

– Helen azt mondta, hogy maradványait kiállítják a múzeumban – válaszolta Jayden.

Szófia megrázta a fejét. – Gondoltam. Nem hiszem, hogy helyes bárki nyughelyét is megzavarni. Valószínűleg ezért változtak meg a hun temetkezési szokások a hatodik század körül. –

– És ezért ritkán tudunk meg valamit az őseinkről – csattant fel Jayden.

–Úgy beszélt, mint egy igazi régész – nevetett fel Szófia. –Ne menjünk bele egy ilyen vitába, hadd kezdjek el olvasni. –

Jayden egyetértően bólintott, és Szófia, ujjával követve a rúnák sorait, olvasni és fordítani kezdett.

Zoán vagyok, az Üvöltő Sólyom Klán alázatos sámánja. Kötelességem, hogy részletesen feljegyezzem, mi történt Elánával, abban a reményben, hogy Elána leszármazottjai elolvassák ezt, és megtörik a borzalmas átkot. A Tuána átkához vezető események a 426. év harmadik holdján történtek, azon a napon, amikor Elána kénytelen volt maga mögött hagyni boldog gyermekkorát, és szembenézni a felnőttkor valóságával és felelősségével.

***

Szófia leeresztette a könyvet az ölébe, és a bátyjához fordult: –Jay, lehet, hogy ezt tényleg ilyen régen írták? –

– Azt hiszem, vagy inkább remélem. Kérjük, olvasd tovább. –

Szófia felemelte a könyvet, és hozzátette: –Azért néhol nem fogok tudni szó szerint fordítani, mert nem ismerem például ezt a szót, hogy átokja, de azt hiszem, ez az Átok szó eredetije. Van még egy kifejezés: akarata erősségje. Azt hiszem, ez azt jelenti, hogy erős. –

– Egyelőre fordítsd ahogy gondolod, és később részletesebb fordítást készíthetsz. –

– Oké. – Szófia leeresztette a szemét az oldalakra, és végigfutotta az ujját az ősi rúnákon. Miután lefordította a mondatokat gondolatban, angolul elmondta a jelentését türelmetlenül várakozó bátyjának.

Zoán naplója

Elána, mit sem sejtve a sötét jövőről, térdével gyengéden megszorította a lova oldalát, hogy gyorsabban futásra ösztönözze. Villám cikk–cakkban galoppozott a jurták között, amelyek félkörben sorakoztak, középen széles teret hagyva. Elána felpillantott a magas faoszlopra, amely a tér közepén állt. Bonyolult mintákat faragtak bele, és ragyogó színekkel festették. A rúd tetején egy óriási faragott sólyom állt, szélesre tárt szárnyakkal, mintha repülésre készülne. Ó, *de későn van már. Anyám meg fog ölni*, gondolta, és arra késztette a lovát, hogy a még gyorsabban fusson. Egy tűzifát cipelő idős asszony megállt, és rosszallóan rázta a fejét. – Ezek a fiatalok úgy lovagolnak, mint a démonok – motyogta, és utána nézett.

Elána végre hazaért. Sietve lecsúszott a kanca hátáról, és a lova kantárját egy vastag faoszlophoz rögzítette. Lélegzete gyors volt, és rózsás arca izzadságtól csillogott. Megveregette a ló nyakát, adott neki egy marék szénát, és friss vizet öntött egy agyagtálba egy bőrzsákból, amely a rúdon lógott. – Sietnem kell, de hamarosan visszajövök, hogy ledörzsöljelek, Villám. Megígérem – suttogta.

Néhány hosszú lépéssel elért a Jurta nevű sátorszerű épület bejáratához. Kaftánszerű sötétkék kabátját elválasztva megigazította buggyos nadrágját, és lesimította tunikáját, amelyet anyja finom virágmintákkal díszített. Nehéz sóhajjal félrehúzta a nehéz bőrleplet, ami a bejáratot fedte, és gondolatban felkészült az anyja hosszú előadására, amit tudta, hogy el kell majd viselnie.

Szokás szerint elkésett a gyógynövényórákról édesanyjával, egy gyönyörű, szoborszerű, sötét hajú nővel, aki lassan emelkedett fel egy ívelt kanapészerű bútordarabról. A mennyezet nyílásából érkező lágy fény megvilágította zöld, finoman díszített, féllábszárig érő tunikáját, amelyet bő fekete nadrággal viselt. A haját vékony bőrszíj fogta össze, és vállaira hullott.

Elána levette a csizmáját, és a bejárat mellé tette. Összerezzent, amikor Mara magas hangú, dühös hangja ostorcsapásként érte. – Már megint elkéstél! Nem mondtam, hogy itthon légy, mire a nap eléri a Turul fejét? Nézd! – mutatott a fenséges sólyomra az ajtón keresztül.

Elána gyorsan elengedte a bőrfüggönyt, kötelességtudóan meghajolt, és azt suttogta: –Igen, anyám. Sajnálom, anyám. –

Mindig az anyja kedvében akart járni, mindent megtett, de ritkán tudott megfelelni az elvárásainak. Szerencsére Mara dühe és előadásai olyan rövidek voltak, mint a nyári viharok, így Elána engedelmesen a bejáratnál állt, és leengedte a szemhéját, hogy elrejtse a játékos csillogást a szemében. Hosszú, fekete haja lecsúszott a válláról, ahogy lehajtotta a fejét, és megigazította finoman szőtt zsurló fejpántot, amely távol tartotta a kóbor hajszálakat az arcától. Elána tétova lépést tett előre a vastag, gyapjúszőnyegen, amely a Jurta döngölt padlóját borította.

– Hol voltál? – csattant Mara kérdése.

– Voltunk... Voltam... Gyógynövényeket gyűjtöttem. Nézd! – Elána gyorsan kinyitotta a bőrzacskót, amelyben az összegyűjtött virágok voltak, remélve, hogy anyja nem veszi észre a nyelvbotlását. A hazugság tiltva volt, de az igazság egy kis elrejtése azáltal, hogy a beszélgetést elterelje az érzékeny témáról, széles körben elterjedt volt a törzsében, különösen a tinédzserek körében.

✳✳✳

Szófia leeresztette az ölébe a bőrlapokat, és megkérdezte a bátyját: – Jay, mondd el az igazat! Ezt a könyvet is elloptad az ásatás helyéről? –

– Dehogy. Két nappal ezelőtt találtam rá a nagyi házának egy titkos szobájában. Becsomagolták és elrejtették egy régi faládába egy csomó más könyvvel és cuccal együtt. Amikor kinyitottam, láttam, hogy hun írás van rajta, és dühös lettem, hogy nem tudom elolvasni. –

– Egy titkos szoba? Szófia töprengett. – Azt hittem, ismerem a nagymama házának minden zugát. Hogyan találtad meg? –

– Júlia néni megkért, hogy javítsam ki a tetőn lévő szivárgást, amikor a nappali sarkában a mennyezet nedves lett egy hosszú eső után. Amikor megpróbáltam kitalálni a szivárgás helyét a tetőn, észrevettem, hogy a nappali sarka felett a vendégszoba túl kicsinek tűnt. Így, miután kicseréltem a törött cserepet a tetőn, gondosan körülnéztem a szobában. Aztán eszembe

61

jutott, amit a nagymama mondott, amikor odaadta nekem a családi pecsétgyűrűt. –

– Mikor volt ez? – kérdezte Szófia. – Nem emlékszem.

– Mert tízéves koromban adta nekem a gyűrűt, és túl nagy volt ahhoz, hogy viseljem. Odaadtam apának, és megfeledkeztem róla. Apa visszaadta nekem a repülőtéren, amikor elindultam, hogy csatlakozzak az ásatáshoz. –

Szófia meghökkenve kérdezte: –Apa kiment a repülőtérre? Nem mondtad el nekem. –

– Igen, meglepett. Beszéltem vele egy nappal a járatom tervezett indulása előtt, és mondtam neki, hogy Claire néninél fogsz lakni a tanév végéig, és utána jössz Magyarországra. Szomorú volt, hogy nem maradhattál velük... de azt mondta, hogy anya állapotában nincs változás. Még mindig dühbe gurul, ha bármelyikünket megemlítik, és folyton azt hajtogatja, hogy a családi átok el fog pusztítani minket. –

Szófia érezte, hogy a múlt szomorúságának hideg borzongása hullámokban járja át a testét. – De soha nem mondta el nekünk, mi ez az átok – suttogta, gondolatait visszavezetve a jelenbe.

– Nem. Megkérdeztem apát, és ő sem tudja. Anya soha nem mondott neki semmit, ezért úgy gondolja, hogy ez csak a téveszméje része. –

– Ebben nem vagyok biztos. Amikor a nagymama és anya veszekedtek, anya úgy döntött, hogy többé nem látogathatjuk meg a nagymamát. Egy család elátkozott vérvonaláról kiabáltak, de nem említettek semmilyen részletet róla. – Az elmúlt nyolc évben Szófia keményen próbált nem gondolni gyermekkorára. A rossz emlékek elnyomására irányuló erőfeszítései során elméje a jó emlékeket is mély zugaiba rejtette, igy Szófia rákényszerült arra, hogy a jelenre összpontosítson és jövőbeli terveket készítsen.

– Nem tudom. Ez volt az első alkalom, hogy hallottam róla. Talán Júlia tud valamit. – Jayden, mit sem sejtve Szófia aggodalmáról, így folytatta: – Nem is emlékeztem arra, hogy a nagymama miért adta nekem a gyűrűt, amíg be nem mentem a vendégszobába. Aztán eszembe jutott, hogy elmondta, hogyan nyithatom ki a titkos szobát a gyűrűvel. –

Szófia kíváncsian nézett bátyjára, és kiszorította elméjéből a nyomasztó gyermekkori emlékek utolsó morzsáját. – Emlékszem, hogy láttam azt a gyűrűt a szent Turullal apa márványdobozában, de mindig azt hittem, hogy ez a gyűrű örökség a család apai oldalán. –

– Nem, ez anya családjának pecsétgyűrűje. A nagymama megmutatta nekem az eldugott zárat, amely kinyitja a falban lévő rejtett ajtót. A zár úgy néz ki, mint egy nagy körömfej a fa padlón, közel a falhoz. Egy repülő sólyom van rajta, mint egy fordított dombormű. –

– Hogyan nyitottad ki a gyűrűvel az ajtót? Szófia érdeklődése a tetőfokára hágott. –

Jayden kinyújtotta a kezét, és megmutatta a gyűrűt Szófiának. –Látod? A gyűrűn a sólyom domború, és tökéletesen illeszkedik a padlón lévő zár homorú sólymába. Amikor a gyűrűt a helyére nyomtam és elfordítottam, a falban lévő rejtett ajtó kinyílt. –

– Azta! Annyira izgalmas! Szóltál róla Júlia néninek? –

– Dehogy, vásárolni ment, és először n akartam elmondani.

– Talán nagyi elmondta neki... Szóval, mi van még a szobában? –

– Sok minden van benne: régi ruhák, íjak és nyilak, és láttam egy gyönyörű bőr nyerget és szobrokat. Rengeteg szobrot. –

– Miért nem vitted el ezt a könyvet a múzeumba? –

– Talán egy szép napon odakerül, de ez a családunké, és tudni akarom, mi van benne. És te sokkal gyorsabban és pontosabban fordítod le az oldalakat, mint bárki is, aki a Történelmi Társaság alkalmazásában áll. –

– De ha nem küldöd be, még az írás korát sem tudod meghatározni. Hogyan lehetsz biztos benne, hogy hiteles? –

– A barátnőm a laborban dolgozik, és tegnap adtam neki egy darab bőrt és egy oldal sarkából. Azt mondta, hogy lefuttathatja a tesztet, és titokban tarthatja. –

– Barátnőd? –

– Ó, nem mondtam neked? Kamilla. Emlékszel rá? Tavaly nyáron találkoztunk, amikor New Yorkban dolgozott. De amikor lejárt a vízuma, haza kellett jönnie. –

– Igen, említetted őt, de soha nem találkoztam vele– – emlékezett vissza Szófia.

– Tartottuk a kapcsolatot, és amikor két héttel ezelőtt újra találkoztam vele munka közben, megtudtuk, hogy egyikünknek sincs kapcsolata, így újra randevúzni kezdtünk. Mindenesetre a régészeti csoporttal való jövője attól függ, hogy titokban tartja–e a teszt eredményét, mert nem végezhet jogosulatlan teszteket. Különben is, nem tudja, mi az. Biztosítottam róla, hogy találtam egy bőrbe csomagolt szobrot a nagymamám padlásán, és megkértem, hogy magántesztként határozza meg a korát, és ne dokumentálja sehol. –

– Biztos benne, hogy nem mondaná el senkinek? –

– Pozitív vagyok. Elveszítheti az állását, ha megteszi. –

– Ó, már elhagytuk a várost – mondta Szófia, ahogy kinézett az ablakon, és lehúzta azt. Mély lélegzetet véve elégedetten megszólalt: – Milyen friss a levegő. Tiszta gyógyír a New York szemétszaga és a repülőgép cirkulált levegője után. –

Nyolcadik fejezet

~~~

Északkeleti autópálya

Szófia élvezte a friss levegőt, és csodálta a gyönyörű vidéket. A zöldség– és kukoricaföldek, gyümölcsültetvények és búzaföldek rendezett sorait, vadvirágos mezők választották el, ami a méheknek pihenőhelyet és nektárt biztosított.

Jayden mosolyogva megveregette Szófia térdét. – Imádni fogod a kisváros csendjét. De meg fogsz lepődni, hogy mennyire megváltozott minden, mióta utoljára itt voltunk. –

– Biztos vagyok benne. Imádtam a nyarak minden percét, amit itt töltöttünk a nagymamánál. –

– Igen, nagyszerű nyarak voltak – tette hozzá Jayden, aztán elszomorodott. – És akkor minden megváltozott... –

Szófia felsóhajtott, és felvette a bőrlapokat. – Nincs értelme szomorkodni a múlt miatt, az a fontos, hogy jól vagyunk, és újra itt vagyunk. – Alig várom, hogy Dániellel egy kis időt tölthessek. Nem is fogtam fel mennyire hiányzott. –

– Örülök, hogy találkoztatok – válaszolta Jayden. – Jó gyerek volt, és remélem, nem sokat változott. –
~~~

– Remélem. Meglátjuk – mondta Szófia, lezárva a témát. – Hadd folytassam az olvasást. Kíváncsi vagyok, mi történt Elánával. –

– Igen, kérlek folytasd! –

Szófia olvasni kezdett.

Mara feladta és felsóhajtott. Már régen beletörődött abba, hogy Elána soha nem válik majd nőies nővé, ahogy mindig remélte. Kalandvágyó természete több harcos szellemet és bátorságot mutatott már kora gyermekkorától fogva, mint a legtöbb fiúé, sőt még a legtöbb felnőtt férfié is. – Mi lesz belőled, gyermekem? – Mara fejét ingatva felsóhajtott.

– Sajnálom, anya, mindig keményen próbálkozom, de valamiért nem sikerül úgy viselkednem, ahogy szeretnéd. –

– Igen, biztos vagyok benne, hogy megpróbálod. – Mara megveregette Elána vállát, és a Jurta sarkához vezette, ahol gyógynövényeit és tinktúráit tartotta: – Üljünk le, és mutasd meg milyen gyógynövényeket találtál. –

Elána leült a puha gyapjúval borított zsámolyra, és átadott egy kis bőrtasakot az anyjának. – Ezeket a kis virágokat a réten találtam, ahol... –

Mara dühös hangon állította meg: – Micsoda? Megint azzal a fiúval gyakoroltál a nagy réten. Valld be! –

– Igen, anyám, de... –

– Hányszor kell még emlékeztesselek arra, hogy többé nem lehetsz egyedül a fiúkkal? Megérintett téged... vagy megpróbálta? –

Elána rémülten összezsugorodott: – Nem, anyám! Zala soha nem tenne ilyet, ő a legjobb barátom. Különben is, ő nagyon jól tudja, hogy eltörném a karját, ha olyannal próbálkozna, mint amit a fiúk Malinával tettek. – Elána dühösen fújt, mint egy vadmacska. – Szegény lányról lehúztak minden ruhát és meztelenül, faágakba takaródzva rohant haza. –

– Jól van, jól van – nyugtatta Mara a lánya haragját. – Tudod, hogy a fiúknak nagyon erős késztetéseik vannak ebben a korban, beszéltünk erről. Az évszakok tizenhat fordulatát élted meg, és az illatod felébreszti ezeket az erős késztetéseket a fiúkban, amikor közel vagy hozzájuk. Némelyik fiú nehezen tudja kontrollálni a késztetéseit, és megpróbálhatnak olyan dolgokra kényszeríteni egy lányt, amihez ők még túl fiatalok. –

– Nem a lányokat kellene oktatni, hogy vigyázzanak, hanem a fiúkat. Nade az a két lókötő megkapta ám a magáét. – Elána rögtön visszaszívta volna, amit dühében gyorsan kimondott, de már túl késő volt.

– Micsoda? Csak nem te voltál, aki –

– Igenis én büntettem meg őket – felelte a lány dacosan. –

– Szóval azért oldalogtak haza bedagadt szemekkel akkor este. És te verted meg őket egyedül? Az egyiknek még a karja is eltört. –

– Az nem én voltam, Villám segített. –

– Mi lesz belőled te lány? De azért Zalával mégis vigyázz. –

– De anya, Zala más, ígérem. Ő a barátom, és csak segítek neki megtanulni, hogyan kell jobban célozni és lóhátról kilőni a nyilat. Ő egy pocsék vadász, folyton eltéveszti a célt, és a többi fiú sokat ugratja emiatt. –

– Rendben van, hiszek neked, és bízom benned. Csak arról van szó, hogy most már majdnem felnőtt nő vagy, és nem helyénvaló minden szabadidődet egy fiúval tölteni. Barátkozz meg a korod béli lányokkal. Zala a sámán tanítványa. Ő különben sem nősülhet meg. –

– De anya, nem akarok feleségül venni hozzá Csak szeretek időt tölteni vele. Ő az egyetlen barátom. A faluban a legtöbb lány buta. Csak arról akarnak beszélni, hogy kivel fognak összeházasodni, és hogyan készítik majd az ételt jövendőbeli társaiknak, vagy ruhákról és fejdíszekről beszélnek. Az okosabb lányok, akikkel barátkozhatnék, féltékenyek, mert jobb vagyok az íjászatban, és nem akarnak velem barátkozni. Különben is, soha nem fogok feleségül menni senkihez. Gyógyító leszek, és ennyi. – Elána szóáradata elapadt.

Mara felsóhajtott, és letörölte a könnycseppet, amely a lánya arcán gördült le. – Édes lányom. Ha csak... bárcsak Tuána nem... –

– Igen, anyám, gonosz volt, és megölte az öcsémet. Emlékszem! Tuána bizalmatlanná tett az emberekkel szemben, amit utálok, és nem tudom magamat túltenni rajta. –

– Nagyon sajnálom. Tudom, hogy gonosz gondolatai voltak, de ez nem az ő hibája volt, ezt te is tudod. Az elméjét démonok irányították. –

– Nem érdekel. Örülök, hogy meghalt! – Elána kiabálta.

– Csillapodj le gyermekem. Ne engedd, hogy gyűlölet töltse be a szívedet. Meg kell bocsátanod neki. –

– Kérlek, anyám, nem akarok többet beszélni róla. Ha rá gondolok, mindig szomorú és dühös leszek. Kérlek beszéljünk a gyógynövényekről. –

– Nos, nem kell beszélnünk a húgodról, de a sorsodról beszélnünk kell. Gondolnod kell a jövődre. –

– Gondolkodom rajta. Gyógyító akarok lenni, és minél többet akarok tanulni. –

Mara sóhajtott, de engedett: – Jó, mesélj nekem erről a virágról, amit találtál.

Elána megkönnyebbült, de nem tudta felidézni a virág nevét. – Ez... hát... – Erősen koncentrálva vakargatta a fejét, de tudta felidézni a virág nevét. Gondolkodás nélkül benyúlt a dereka köré kötött bőrtasakba, és elővett egy tenyérnyi agyagtáblát. Végigfuttatta mutatóujját a táblába vésett szimbólumokon: – Megtaláltam, kamillának hívják – mondta mosolyogva, és felnézett az anyjára. A mosoly megfagyott az arcán, amikor meglátta anyja rémült arckifejezését. Elána rájött, hogy a legféltettebb titkát fedte fel, amit eddig eltitkolt az anyja előtt – azt a tényt, hogy el tudja olvasni a szent szimbólumokat.

Mara karcsú ujjait a szájára szorította, hogy elfojtsa a mellkasából kitörő sikolyt. Néhány kapkodó lélegzetet vett, miközben dühös szemei végig söpörtek Elána megdöbbent arcán. Néhány másodperc csendben telt el, majd Mara megszólalt. – Elána, felfogod, mit tettél? A szent szimbólumok olvasása tilos! Ha valaki megtudja, halálra köveznek, vagy legalábbis száműznek a törzsből. –

Elána lehajtotta a fejét, és remegő ajkakkal mondta: – Csak Zala tudja, anyám, és ha te nem mondod el senkinek, senki más nem fogja megtudni. –

– Lány, te leszel a halálom! Ha apád megtudja... –

– Nem kell megtudnia. – Elána reménykedve pillantott az anyjára. – Kérlek, ne mondd el neki. –

– Rendben, de meg kell ígérned nekem, hogy soha többé nem fogsz megérinteni, sőt még csak nem is nézel rá szent tárgyakra. Mi szállt meg téged, hogy megtanuld a tiltott írást? –

Elána úgy döntött, hogy őszinte lesz. – Zala megtanított írni és olvasni, és én készítettem ezt a táblát, hogy ne felejtsem el azokat a dolgokat, amiket a gyógynövényekről és az gyógyításról tanítasz nekem. –

Mara dühösen kinyitotta a száját, de aztán az arckifejezése meglágyult. – Szóval, amit mondasz nekem, az az, hogy bármit, amit tanítok neked, fel lehet írni a táblára a szent szimbólumokkal, és bármikor elolvashatod? –

Elána szeme felcsillant. – Igen, anyám, nézd, itt van leírva! Te tanítottál erről a kicsi, jelentéktelennek látszó virágról egy holdciklussal ezelőtt. Emlékszel? Egy bottal rajzoltad a virág alakját a porba, és elmondtad nekem, hogy milyen bajokat lehet vele gyógyítani. Nézd, a legtöbbet elfelejtettem, amit mondtál, de itt minden le van írva. – Elána megmutatta a kis táblát az édesanyjának, és ujjával követve a betűket, ezt olvasta: – A kamilla minden gyomorbajra jó. Készíts egy erős teát a szárított virágokból, és igyál belőle háromszor–négyszer naponta. –

Mara meghökkent. – Tényleg itt van megírva? Hitetlenkedve rázta a fejét.

– Igen, nézd. Ide rajzoltam egy képet a virágról. Ez a szimbólumcsoport, amikor egy szóba leirom őket, azt jelenti, hogy kamilla. –

Mara először habozott, de kíváncsisága győzött. Odahajolt, hogy közelebbről szemügyre vegye az égetett agyagtáblát. – Én... Nem tudom, mit mondjak. Mindig azt hittem, hogy a szimbólumoknak mágikus jelentésük van, mert mindenkinek tilos lerajzolni őket. Csak a sámán használhatja varázslatokhoz a titkos szimbólumokat. –

– Anya, ezek a szimbólumok varázslatosak és hasznosak is. Anélkül, hogy leírtam volna, amit mondtál nekem, és néhányszor később elolvastam volna, nem tudtam volna olyan gyorsan megtanulni, amit a gyógynövényekről és az gyógyításról tanítottál. –

– Igen, kíváncsi is voltam rá hogyan tanulsz meg mindent ilyen gyorsan. Amikor egyszer mesélek neked egy gyógynövényről, másnap pontosan visszamondod, amit előző nap mondtam neked. Az én anyámnak mindent legalább ötször el kellett ismételnie, mielőtt memorizálni tudtam. Mondd el, mit írtál még a kamilláról –

Elána folytatta az olvasást: – Használhatjuk a teát a karcolások és felületes vágások lemosására, és készíthetünk borogatást az átázott virágokból, amit elfertőzött sebeket gyógyítására használhatunk. – Elána felnézett, és amikor látta anyja arcán a lassan elterjedő számító mosolyt, megkönnyebbülést érzett. Tudta, hogy nem fogják megbüntetni, mert az anyja felismerte a tiltott tudás hasznosságát.

– Van még több ilyen írásod? – kérdezte Mara.

– Persze, amikor a gyógynövényekről tanítasz, másnap mindent leírok, hogy emlékezzek rá. –

– Mióta csinálod ezt? –

– Amióta a sámán elkezdte tanítani Zalát a titkos írásra. Hadd gondolkodjak. Azt hiszem, háromszor fordultak meg az évszakok, amikor apától kaptam az első lovamat, íjamat és nyíltáskámat. Aztán azt hiszem, két évszak fordult meg, amikor a sámán elkezdte tanítani a szent szimbólumokat Zalának. Mindig megmutatta, mit tanult, és amióta körülbelül ugyanabban az időben kezdtél el tanítani a gyógynövényekről, leírtuk, amit tőled tanultam. –

Mara idegesen elmozdult a széken, ujjait tördelve. – Ha valaki meglátja... Hol tartod ezeket? – Mara az Elána kezében lévő táblára mutatott.

– Ne aggódj, jó búvóhelyünk van, és ha valaki megtalálja őket, Zalán, a sámánon és rajtam kívül senki más nem tudja elolvasni az írásokat.

– Tehát a sámán is benne van ebben? –

– Ó, nem! Elána megborzongott. – Nem tudja. Zala soha nem mondaná el neki. –

Mara homloka ráncokba futott a koncentrálástól, és néhány másodperces gondolkodás után döntött. – Ezeket az írásokat nem tarthatod magadnál. Ha apád vagy a bátyád megtalálja... Nem is akarok belegondolni, hogy mit tennének. Rejtsétek el, és majd később beszélünk róla. – Mara felállt, és sürgette lányát. – Vidd el neki rögtön, és fogd ezt a darab húst, puhítsd meg amig úton vagy. – Megfordult, és felkapott egy kis bőrcsomagot. – Apád és bátyád napnyugtakor hazaérnek a vadászatról. Vacsorát kell készítenünk nekik. –

– Anyám, még soha nem mentek együtt vadászni. Kíváncsi vagyok miért ment el mindenki, mert apa mindig azt mondja, hogy a férfiak felének hátra kell maradnia, hogy megvédjék a törzset. Most pedig minden vadász három napja elment, beleértve azokat a nőket is, akiknek nincs kisgyermekük, akiről gondoskodniuk kellene. –

– Én is aggódtam emiatt, de mióta nagy királyunk, Mundzuk egyesítette a törzseket, a miénkhez hasonló kisebb településeket évek óta nem támadták meg hordák, így apád azt mondta, hogy nincs mitől félnünk. Sok húsra van szükségünk télire, mert a sámán hosszú, hideg telet jósolt. Minden rendben lesz. Hamarosan itthon lesznek. Siess, és ne aggódj. –

– Igen, anya – felelte Elána, de anyja arckifejezése nem csillapította nyugtalan érzéseit. Elvette az anyjától a becsomagolt húst, a táblát a tasakjába tette, és az ajtó felé indult.

Elána kifordult az ajtón, és elérte a hajlékot, ahol a lova pihent. A ló sötét szőrzete még világosabbá tette a fehér, újhold alakú foltot a homlokán. A lány megveregette a kanca nyakát, Villám pedig halk szuszogással üdvözölte őt. Elána felemelte a nyerget a ló hátára, és alácsúsztatta a bőrbe csomagolt húst. A törzsében élő emberek mindig is puhították a kemény húst. Egy gyors, gyakorlott mozdulattal a ló hátán lendült, és Villám azonnal vágtába kezdett.

Elána össze csücsörítette ajkait, és a varjú éles hangját utánozva felrikoltott. Figyelt, és néhány másodperccel később Zala jellegzetes varjúkárogással válaszolt. Ez volt a jelük, hogy találkozzanak a szokásos helyükön.

Gyerekkorukban felfedeztek egy kis barlangot, nem messze a falutól. A bejárat nagyon keskeny volt, és a kis domb lábánál lévő fák és sűrű bokrok elrejtették. Csak egy repedés volt a kőben, elég széles ahhoz, hogy belférhessenek. A barlang belül tágas volt, egy kis nyílással a tetőn, amely elegendő napsütést engedett be. Egy kristálytiszta vizű kis patak futott át a barlang közepén, és eltűnt egy földalatti alagútban.

Elána elérte a bejáratot, és lecsúszott a ló hátáról, Villám pedig, mint mindig, elügetett sűrű bokrok mögé, és egy halk nyerítéssel csatlakozott Zala lovához. Mindig ott várták Zala és Elána füttyét, amikor készen álltak az indulásra.

Zala jóképű, naptól cserzett arcán aggódalom tükröződött, ahogy üdvözölte Elánát. – Nem olyan régen váltunk el. Valami baj van? Miért hívtál? – Elána besietett a barlangba, Zala pedig követte. – Elána, megijesztesz. Mi a baj? –

Elána leült az egyik farönkre, amelyet székként használtak a tűzrakás körül. – Anyám megtudta. Véletlenül megmutattam neki a táblámat – dünnyögte.

– Mit mondott... Mit csinált? – Zala választ követelt, miközben széthúzta kaftánját, és leült vele szemben.

– Először dühös és aggódó volt, de azt hiszem, most már rendben van. Megértette az írás és az olvasás hasznosságát, de fél, hogy apám megtudja. Nem akarja, hogy magammal hordjam a táblákat. Azt akarja, hogy jól elrejtsem őket. –

– Hű, micsoda megkönnyebbülés, de biztos vagy benne, hogy nem mondaná el az apádnak? –

– Biztos vagyok benne! Tudja, mi történne, ha bárki megtudná, szóval ne aggódj. –

– Jó, csak arra ügyelj, hogy ne vigyél magaddal semmilyen írást – erősködött Zala, majd mosolyra fakadt. – Meg akartam mutatni valamit, amin dolgoztam, de nem volt időnk, mert túl sokáig gyakoroltunk. – Zala előhúzott egy feltekert bőrdarabot a tarsolyából: – Nézd! – mondta, miközben kisimította a bőrt. – Először megpróbáltam a bőrbe faragni a szimbólumokat, de aztán mindig kilyukazgattam őket. Azt hiszem, végre megtaláltam a legjobb módszert. –

Elána előrehajolt, hogy közelebbről szemügyre vegye bőrdarabot. – Hogyan csináltad? Úgy néz ki, mintha a szimbólumokat a bőrre égetted volna. –

– Pontosan. Arra gondoltam, hogy a sámán hogyan égeti a neveket a csecsemők bőrébe a névadó szertartás során. Az égés heget hagy maga után, ezért úgy gondoltam, hogy az állatbőrök is bőrök, és kipróbáltam. Nézd, a szimbólumokat nem lehet ledörzsölni vagy lemosni, és a vékony bőrlapokat könnyebb hordozni, mint a nehéz agyagtáblákat. –

– Zala, te egy zseni vagy! Hadd érintsem meg. –

Zala, sütkérezve Elána dicséretében, átnyújtotta neki a kis bőrdarabot. A napsugár simogatta a lány bájos, ovális arcát, miközben tapogatta a bőrdarabot. Ajkainak görbülete és hosszú szempilláinak árnya fogságban tartotta Zalát. Mindig is szerette Elánát, mint a legjobb barátját, de mióta gyönyörű fiatal nővé kezdett változni, Zala nehezen tudta elrejteni vágyát és csodálatát. Néhány holdfordulattal előbb Zala elmondta érzéseit a sámánnak, aki biztosította a fiút, hogy ez az ő korában ez természetes jelenség. Figyelmeztette azonban a fiút, hogy uralkodnia kell vágyait, mert ő lesz a következő sámán, és cölibátusban kell élnie. A sámán adott Zalának egy zacskó apró pirulát, amely állati zsírral kevert gyógynövények keveréke volt. Figyelmeztette Zalát, hogy minden nap vegye be őket. Zala megígérte, de nem tartotta be a szavát, miután kipróbálta a pirulákat. Utálta, ahogy érezte magát tőle. Szerette a vágy érzését, amikor közel volt Elánához, és amikor álmodott róla. Megesküdött, hogy soha nem fogja felfedni az érzéseit sem neki, sem másnak.

– Zala – szakította ki Elána a gondolataiból. – Ez nagyszerű, és ha többet készítesz, össze tudom varrni őket ezen az oldalon, és még el is rejthetem őket, mert olyan könnyűek és vékonyak a lapok.

Zala eloltotta a vágyakozás tüzét szemeiben. – Ez egy nagyszerű ötlet, könnyen meg tudjuk csinálni. Ma este elkezdem másolni az agyagtáblákat. –

– Jó! Hozok majd neked bőrdarabokat. Anyámnak sok apró maradék bőrdarabja van, amelyeket nem használ. Most már mennem kell. – Elána felállt. – De holnap találkozunk. –

Zala gyors mozdulattal felállt. – Én is jövök. Kisétáltak a barlangból, fütyültek a lovaikért, és elindultak a falu felé. A hazafelé vezető úton Elána elméjét Zala találmányának lehetőségei foglalkoztatták, és felidézte édesanyja módszerét, amellyel a bőrdarabokat összevarrta. Zala nem tudta levenni róla a szemét, ahogy a lány előtte lovagolt. *Egy gyönyörű lány és egy gyönyörű ló,* gondolta.

Amikor a falu közelébe értek, csípős füstszagot éreztek, és látták, hogy sűrű, fekete füstfelhők emelkednek a falut körülvevő fasor fölé. Elána gyorsabb futásra sürgette Villámot, amikor már hallotta a nők sikoltozását és a férfiak magas hangú csatakiáltásait. Elána ereiben megfagyott a vér, és szíve olyan erősen vert, hogy úgy érezte menten kiugrik a torkán. Tudta, mit jelent a füst és a halálsikolyokat követő borzalmas csend. A falut megtámadták!

Kilencedik fejezet

Északkeleti autópálya

Szófia kellemesnek találta a vendéglő épületének hűvös levegőjét, és szemei kutatva keresték a mellékhelyiséget jelző táblát, alighogy beléptek az automata tolóajtókon. Jayden követte őt, és megpillantva a férfimosdót, besietett az ajtón. Szófia megkönnyebbülten és felfrissülve, miután hideg vizet fröcskölt az arcára, találkozott a bátyjával az ajtóban, és elindultak a kávézó felé. A kávé és sütemények megrendelése után egy félreeső sarokasztalt választottak.

– Most pedig mondj el mindent, de pontosan úgy ahogy történt! – parancsolta Szófia.

– Hát jó – kezdte Jayden, miközben leült a piros, bakelittel borított székre. – Amikor megláttam azt a lányt, megesküdtem volna, hogy te voltál! Ugyanolyan sötét hullámos haja volt, ugyanúgy középen elválasztva, mint a tiéd. Teljesen a tükörképed. Az arca, a testalkata és minden. Az egyetlen különbség az volt, hogy olyan őrült pillantással nézett rám. Olyan volt, mintha halálosan gyűlölne, vagy valami ilyesmi. –

– Ez furcsa. – Szófia egy pillanatra eltűnődött azon, amit bátyja mondott, majd beleharapott a krémesbe. – De azt mondják, mindenkinek van egy hasonmása valahol a világon. Jaj, de nagyon finom ez a krémes! – kiáltott fel, lenyalva az ujjairól az édes krémet, miközben megpróbálta átgondolni a megmagyarázhatatlan eseményt, és elhallgattatni az elméjében formálódó sötét gondolatokat.

– Olyan gyorsan eltűnt, hogy nem tudtam közelebbről megnézni, de esküszöm, hogy a pontos tükörképed volt. Furcsa, és fogalmam sincs, mit csinált ott. Nem láttam sem azelőtt, sem azóta. –

– Mit viselt? –

– Nem is tudom, hát valami ruhafélét – válaszolta Jayden zavart arccal.

Szófia felhördült: – Tipikus fickó vagy. Lehetnél kicsit konkrétabb. –

Jayden összehúzott szemöldökkel gondolkodott. – Azt hiszem, valami világos színű ing és hosszú szoknya volt rajta, talán virágokkal vagy valami ilyesmivel. Igen, olyan volt, mint azok a gyönyörű cigánylányok, amikor beöltöznek a tánchoz a fesztiválokon. –

– Nos, talán Júlia néni pletykalánca rájött valamire. Tudni fogjuk, mikor hazaérünk – spekulált Szófia. – Mi történt, amikor kilőtte a nyilat? Úgy értem, hogy közvetlenül rád célzott? –

– Azt hiszem... – Jayden megdörzsölte a homlokát. – A nyílvessző pontosan azon a helyen landolt, ahol fél másodperccel korábban térdeltem. Nem akartalak megijeszteni telefonon, de most szembe kell néznünk a súlyos veszély lehetőségével. –

– Tudom! Tudok olvasni a sorok között, és azt is tudod, hogy néha különös előérzeteim vannak. Milyen volt az arckifejezése? –

– Hm... mint mondtam, őrültnek tűnt, mintha kifejezetten azzal a szándékkal lett volna ott, hogy engem lenyilazzon. Csak tudnám miért. –

– A végére kell járnunk ennek, és óvatosnak kell lenned. Távol kell maradnod az ásatás helyétől, amíg meg nem tudjuk, mi történik. –

– Óvatos leszek, de az extra őrökkel a helyszín biztonságos. Meglátjuk, mit derítenek ki a rendőrök, és Júlia pletykalánca. –

– Vedd ezt komolyan, Jay! Nem úgy hangzik, mint egy tréfa. –

– Komolyan veszem. Ígérem. –

Szófia forgatta a szemét, amikor megszólalt Jayden telefonja, és a szokásos zene helyett, nyögdécselést, visongást, és sóhajtozást hallott. – Igazán Jay! Egy pornó oldalról vetted fel ezt a hangot? –

Jayden bocsánatkérő mosollyal kacsintott, és elkezdett beszélni valakivel ásatási dolgokról. Szófia megpróbálta blokkolni Jayden hangját, és kávéját kortyolgatva bámult a semmibe. *Soha nem gondoltam arra, hogy miért nem jöhettünk többé meglátogatni a nagymamát. És mi történt a kisöcsémmel, Aidennel, és Amélia miért...*

Szófia elfojtott emlékei a nyolc évvel azelőtt történtekről nyers erővel rohamozták meg elméjét. Jeges hideg futotta át testén, felidézve annak a kora reggelnek az emlékét. Anyja sikolya ébresztette őket, és az egész család berohant Aiden szobájába. Mielőtt apjuk megragadhatta volna Szófiát és Jaydent, hogy kiterelje őket a szobából, Szófia látta, hogy anyjuk zokogva tartja karjaiban a pár hónapos kisbaba véráztatta, petyhüdt testét.

Amélia, Szófia ikertestvére, a kiságy mellett állt és előre–hátra hintázott sarkán. Szófia emlékezett a furcsa kifejezésre és a hideg mosolyra az arcán, miközben azt énekelte: – Csitt kicsi bébi, ne sírj többé. –

Az apja átvitte őket a szomszéd házába. Később szüleik azt a szomorú hírt mondták nekik, hogy a kistestvérük, Aiden a mennybe ment. Jayden és Szófia nem értették, hogy mi történt, és még jobban összezavarta őket a körülöttük lévő felnőttek reakciója.

Amikor Jayden befejezte a telefonhívást, észrevette Szófia zavart, elgondolkodó arckifejezését. – Mi a baj? – kérdezte, aggodalommal a hangjában.

Szófia megfogta bátyja kezét, és a szemébe nézett. – Emlékszel, amikor anya elmondta nekünk, hogy Amélia beteg, és a kórházban kellett hagyniuk? Soha nem láttuk Ameliát az után reggel után, amikor Aiden meghalt. –

– Igen, sokáig kérdezősködtünk, de újra és újra ugyanazt a választ adták, hogy nagyon beteg, és az orvosok nem engedik be a látogatókat. Szomorú időszak volt ez az életünkben. Mi késztetett arra, hogy elgondolkodj rajta? –

– Mert azt mondtad, hogy az a lány úgy nézett ki, mintha az ikertestvérem lenne – emlékezett vissza Szófia. – Anya és apa azon a regelen megváltoztak, és a jókedv és nevetés megszűnt a családban. –

Jayden bólintott. – Igen, Amélia sokáig kórházban volt, és nem voltak hajlandók magukkal vinni minket, amikor meglátogatták. Azt mondták, hogy az egészséges gyerekek látványa túlságosan felzaklatná Améliát. –

– Soha nem tudtuk meg, hogyan halt meg Aiden, és mi történt később Améliával. Anya és apa nem voltak hajlandók beszélni róla, és végül abbahagytuk a kérdezősködést. Ez a tragikus nap rejtély és családi titok marad. –

Jayden elmozdult a székében. – Soha nem mondtam el neked, de én később megpróbáltam találni valamit az újságok archívumában, de az egyetlen cikk, amit találtam, Aiden gyászjelentése volt. Az volt benne, hogy hirtelen csecsemőhalál szindrómában halt meg. –

– Miért nem mondtak nekünk semmit? Miért olyan nagy titok? Megkérdeztem a nagymamát is, amikor meglátogatott minket, de ő sem volt hajlandó róla beszélni. –

Mindketten mélyen elgondolkodtak néhány percig, amikor Jayden megkérdezte: – Mehetünk? Alig várom, hogy halljam tovább Zoán történetét és hogy hazaérjünk. –

– Igen, mehetünk. Szófia felállt. – De első dolgod a zuhany legyen – nevetett. – Úgy nézel ki, mint egy hajléktalan, aki a szemétdombon kénytelen aludni hetek óta. –

– Tudom – kuncogott Jayden. – Elnézést, hogy megsértettem az érzékeny orrodat, de annyira belemerültem az új biztonsági őrök szervezésébe az ásatásnál, hogy nem volt időm zuhanyozni és átöltözni, mert mire észbekaptam, rohannom kellett, hogy időben érkezzek a repülőtérre. –

– Rendben van, azért még mindig szeretlek, akármennyire túlérett szagod van. – Szófia átölelte a bátyját, de azért lélegzetét visszafojtotta.

Kifizették a számlát, és amikor visszaültek a kocsiba, Szófia kivette a könyvet a táskából, és olvasni kezdett.

Elána és Zala megállították lovaikat, és döbbenten hallgatták a falubeliek borzalmas halálsikolyait és a banditák kéjes röhögését. Elána egy bősz kiáltással megrántotta Villám kantárját és térdével megszorította a ló oldalát. A kanca azonnal reagált és vágtába kezdett. Zala utána vágtatott, és megmarkolva Villám kantárját, megállásra kényszeritette a lovat.

– Mit művelsz? – Elána ráordított a fiúra, és megpróbálta a kantárt kitépni a kezéből. – Segítenünk kell! Nem hallod hogyan mészárolják őket? –

– Mit tehetünk a horda ellen ketten, fegyvertelenül? Gondolkozz! –

Elána zihálva nézett Zalára patakzó könnyekkel az arcán. Gyorsan belátta, hogy a fiúnak igaza van és zokogva megfordította lovát. – Vissza kell mennünk a fegyverekért. Siessünk! –

Csendben visszalovagoltak a barlanghoz, és bevezették a lovakat a bokrok mögé. Elána térdre esett a barlang homokos padlóján, és fájdalmas zokogás tört fel a mellkasából. – Hogyan tudják ezt megtenni? Megtámadnak egy békés falut, megölik a legtöbb embert, és mindent elrabolnak. Milyen szörnyek ezek? Miért nem hagyott apám néhány vadászt, hogy megvédjék a falut? – Zalára nézett válaszokért, miközben könnyek gördültek le az arcán.

– Ők az emberiség söpredéke – suttogta Zala. Letérdelt Elána mellé, és magához ölelte. – Már nem védhetjük meg őket. Várnunk kell napnyugtáig. – Gyengéden megsimogatta Elána vállát. – Bosszút állunk! Elképesztően pontos íjász vagy, és... Én magam sem vagyok túl rossz, hála a leckéidnek. –

– Mennünk kell, azonnal! Elána kiáltotta, és megpróbált kibújni a fiú öleléséből. – Tudnunk kell, mi történt az anyámmal. Talán még segíthetünk nekik. –

– Elána, be kell látnod, hogy túl késő. Nem tudunk segíteni. Megölnének minket is. De van egy tervem. Soha nem beszéltem neked a képességeimről... –

Elána eltaszította magától Zalát. – Mi a terved, és mi az a képesség? – sürgette.

– A horda addig nem hagyja el a falut, amíg az öldöklés után mindent felzabálnak és részegre isszák magukat. Addig semmit nem tehettünk, hogy megvédjük a falut a hordától, de előttünk van az egész éjszaka arra, hogy megbosszuljuk halálukat. Mi leszünk a legrosszabb rémálmuk, és addig vadászunk rájuk az árnyékból, amíg az utolsó is elpusztul. – Zala elszánt tekintete egy mindenre képes harcost ábrázolt a szelíd sámántanonc helyett.

Elána türelmetlenül felemelte a hangját. – Zala, milyen képességeid vannak, és miért titkoltad? –

– Egy kicsit sokkoló lesz. És nem mondtam el neked eddig, mert mint tudod, tilos felfednem a sámánok titkait. – Zala lehajtotta a fejét, és így folytatta: – De most, hogy kevés reményem van arra, hogy a sámán még életben van, megmutatom neked. Légy azonban nyitott a lehetetlenre, és ne ijedj meg attól, amit látni fogsz. –

– Mi az, Zala? Azonnal mondd el! – Elána parancsolta.

– Rendben – hagyta el Zala mellkasát egy nehéz sóhaj. De én... Attól tartok, soha többé nem fogsz ugyanúgy nézni rám, mint eddig. Attól tartok, hogy félni fogsz tőlem, és nem akarsz tovább a barátom lenni. –

Elána szomorúan rázta a fejét. – Zala, ha ezt gondolod, akkor egyáltalán nem ismersz engem. Mindig a barátom leszel, bármi is történik, még akkor is, ha farkassá változol, vagy ilyesmi. –

– Hát igen...– Zala félrenézett.

– Micsoda? Csak nem farkassá tudsz változni? Ki kell vernem belőled? –

– Rendben van, elmondom – döntötte el Zala. – A vérvonal, amelybe beleszülettem, képes összekapcsolódni értelmes állatok elméjével. Láthatjuk, amit ők látnak, halljuk, amit ők hallanak, és mi is érezzük, amit ők éreznek. – mondta, és aggódó pillantást vetett a lányra.

– Tényleg? – Elána szeme csillogott az izgalomtól. – Hát ezt már elmondhattad volna régen. Ez egyáltalán nem félelmetes, hanem csodálatos képesség. –

Zala felsóhajtott és így folytatta: – Amikor a sámán megmentett és örökbe fogadott, még csak három évszakot éltem. A családomat és a klántagjaimat nomád hordák mészárolták le, akárcsak ez a horda, amelyik megtámadta a falunkat. A sámánnal sokáig bolyongtunk a vadonban, mielőtt megtaláltuk a faludat. A klánod sámánját és tanítványát hegyi oroszlánok marcangolták szét, amikor az erdő mélyén meditáltak, így a klánod elfogadta őt sámánjuknak. Szóval, most már tudod, én vagyok a kapocs az emberi és az állati világ között. –

– Bizonyítsd be! –

– Rendben, idehívom sólyom barátomat, és az ő szemén keresztül majd láthatom, mi történik a faluban. –

Elána Zalához fordult. – A vadászoknak napnyugtakor kellett visszajönniük. Talán már visszatértek, és bosszút álltak. Anyám... és talán az apám és a bátyám...– Felzokogott, ahogy a lehetőségek átfutottak az agyán.

– Ha… akkor bosszút állunk. Szerencsére van elég nyíl a barlangban, amit a gyakorláshoz itt tárolunk. Biztos vagy benne, hogy készen állsz? Még soha nem öltél meg senkit. Biztos vagy benne, hogy képes vagy rá? –

Elána elszánt tekintettel hajolt előre. – Igen, készen vagyok, és képes vagyok rá. Ezt soha nem mondtam neked, de én már öltem embert. –

– Hogyan? Mikor? –

– Édesapám az elmúlt télen elvitt meglátogatni a nagybátyám családját. A hegy másik oldalán élnek. –

– Igen, emlékszem rá. –

Apám megtiltotta, hogy bárkinek is elmondjam, ezért nem mondtam el neked, de két férfi támadott ránk a nagybátyám falujának közelében. Beszélgettünk, és nem figyeltünk annyira a környezetre, mint kellett volna. A férfiak kiugrottak a bokrok közül, és mindkettőnket lehúztak a lovakról.

Az egyik férfi engem a földre dobott, és olyan pillantás volt a szemében, amire anyám sokszor figyelmeztetett. –

Zala arca megrándult, és előrehajolva hallgatta a lányt.

Elána így folytatta: – Apám harcolt a másik támadóval és a földre teperte, így az a férfi, aki engem lefogott, otthagyott, és hozzájuk ugrott, hogy segítsen a társának. Annyira féltem, hogy úgy éreztem, mintha testem kővé vált volna, de kényszerítettem magam, hogy felálljak, és vadászkésemet a férfi hátába, a bordái közé döftem. Összeomlott, amikor a kés elérte a szívét. A másik férfi felordított, magpróbált felállni, de apám visszanyomta a földre és elvágta a torkát. – Elána megremegett, ahogy visszaemlékezett az eseményre.

Zala mély, szaggatott lélegzetet vett. – Milyen érzést keltett benned egy élet elvétele? –

– Borzasztó volt! Még mindig rémálmaim vannak és látom őket, de tudom, hogy meg kellett tennem. Mindkettőnket megöltek volna. Meg kellett védenünk magunkat. –

– Jó, és szelíd, békés ember vagy, de ha szükséges, olyan keménnyé tudsz válni, mint az acél. Készítsd elő a fegyvereket és a lovakat, és én megidézem Tuát, a sólyom barátomat. –

– Látni akarom, hogyan csinálod – jelentette ki Elána.

– Talán máskor. Most egyedül kell lennem, és minden erőmmel koncentrálnom kell. Nincs sok időnk. A nap hamarosan lenyugszik. – Zala felpillantott a barlang mennyezetén lévő nyílásra.

Elána bólintott, felállt, és a barlang sötét fülkéjébe ment, ahol fegyvereiket tartották.

***

Szófia óvatosan leengedte a könyvet az ölébe. – Jay, ez a történet egyre érdekesebb. Ez egy lány élettörténete, aki több száz évvel ezelőtt élt, de itt már kezd úgy hangzani, mint egy fantázia történet. Méghogy Zala elméje kapcsolatban áll az állatok elméjével. Lehetetlen. –

– Nos, nem tudhatjuk. Sok ember van, akinek telepatikus képességei vannak még ma is. Talán évszázadokkal ezelőtt ez a képesség még sokkal erősebb volt az emberekben. Ne feledd el, hogy ők még összhangban éltek a természettel és állatokkal – mondta Jayden bólintva. – És az intuíció és az előérzetek éles érzéke sem olyan ritka képesség, mint gondolnánk. Neked is gyakran vannak előérzeteid. –

– Igen, tudom. Csak te és Claire néni tud róla. Féltem elmondani anyának vagy apának, de azt hiszem, a nagymama tudta. –

– Bölcs döntés volt. Az emberek félnek azoktól a dolgoktól, amiket nem értenek. –

– Én... hm...– Szófia habozott. – Nem vagyok biztos benne, hogy az előző esti álmom előérzet volt– e, vagy csak egy furcsa álom. –

– Mondd el! – sürgette Jayden.

Szófia úgy döntött, hogy nem említi az álom meztelen részét, de elmondta Jaydennek azt a részt, amelyben az öregasszony megöli a hasonmását, és ő megmenti a kisbabát és a találkozást a szőke fiúval. – Nem tudom, Jay. Ha ez előérzet volt, nem tudom, miről szólt, de a szőke fiúról

89

szóló álom valóra vált. Nem láttam tisztán az arcát álmomban, de biztos vagyok benne, hogy az álom a váratlan találkozásunk előjele volt. –

– Biztos vagyok benne, hogy az volt – értett egyet Jayden. – Erős az érzésem, hogy a nőről és a babáról szóló rész valamilyen formában meg fog történni, és ez kapcsolódik a családi titkunkhoz. Tartsuk észben a részleteket, és majd meglátjuk, mi fog történni. Közben koncentráljunk arra, hogy megtaláljuk azt az őrült nőt, aki megpróbált megölni. –

– Rendben. Óvatosnak kell lennünk. –

– Mi támogatjuk egymást, és bízom Juliában is. Már majdnem otthon vagyunk, itt a kilépő az autópályáról. Bármennyire is szeretném hallani a történetet, egyelőre tedd félre a könyvet, és majd este folytatjuk az olvasást. –

– Megígérted, hogy meglátogatod Kamillát, emlékszel? De nem hiszem, hogy jó ötlet lenne. Együtt kellene maradnunk. –

– Igazad van. Felhívom és lemondom a vacsorát vele. –

– Oké, jól hangzik. Kíváncsian várom, mi történik Elánával és Zalával. – Szófia elmosolyodott a gondolatra, hogy folytassa a történetet. Az autó ablakán kibámulva felismerte az oly régen látott épületeket.

Tizedik fejezet

„Ha nem teszed meg az életben, amit tenned kell, az univerzum megteszi helyetted." ~Kim Russo

~~~

Sárospatak

Ahogy befordult a kocsi a nagymamájuk házának udvarára, egy szikár alkatú, őszes hajú nő jelent meg a bejárati ajtóban, mosolyogva, kezét törölgetve virágos kötényébe. Szófia kiszállt az autóból, és hozzáfutott, hogy megölelje. –Júlia néni! Nagyon örülök, hogy újra látlak. Semmit nem változtál. Nagyon sajnálom, hogy korábban nem tudtam találkozni a nagymamával is... mielőtt meghalt. –

– Tudom gyermekem. Még mindig fáj. Nagyon fáj. Ahogy kívánta, elhamvasztották. Tudtam, hogy jössz, ezért szombatra hagyományos hun temetést szerveztem a folyón. Örülök, hogy mindketten itt vagytok. – Szorosan átölelte Szófiát, és megveregette a hátát.

– Sajnálom, hogy hosszú évig nem jöhettünk. –

– Nem a ti hibátok, ti nem tehettetek semmit. Ami történt, az az én Anikóm és édesanyád között volt. Olyan jó látni téged! Még csak szeplős arcú kislány voltál, amikor utoljára láttalak. –

– Nekem is hiányoztál – suttogta Szófia, Júlia erős karjainak ölelésében.

– Gyertek be. Jaj, meg kell fordítani a kacsát mielőtt szénné ég – jutott Júlia eszébe. Gyorsan megfordult és besietett. Szófia követte őt a konyhába,
~~~

Jayden pedig felcipelte a csomagokat az emeletre. Júlia becsukta a sütő ajtaját, és Szófiához fordult. – Hogy van mindenki? Anya és apa jól vannak? Beszéltem a nagynénéddel, amikor Anikó elhunyt, de évek óta nem láttam a szüleidet. –

– Igazából nem tudom. Az elmúlt két évben sem láttam őket. Néha beszélek apával, és azt mondja, hogy anya jól van, apa pedig a lámamentő farmjával van elfoglalva. Közel hatvan állata van. –

– Őrült ember – motyogta rosszallóan az éles arcvonású, csinos nő. – Feladta az ügyvédi irodáját azért a hülye farmért. –

– Boldoggá teszi – mondta Szófia, és leült a konyhaasztalhoz.

– Az ő dolga, csak mondom – válaszolta Júlia mosolyogva. – Nem lehet könnyű együtt élni az anyáddal. Jayden elmondta, mi történt. –

– Nincs kedvem beszélni róluk, ha nem bánod. –

– Persze, semmi gond. Hogy van Claire? –

– Jól van. Katonás természetű, mint mindig, de nagyon szeretem. – mondta Szófia körülnézve a konyhában. – Itt semmi nem változott. Minden ugyanúgy néz ki ahogy emlékszem. – Szeme végigpásztázta az antik konyhaszekrényt dugig megtöltve a megszokott porcelánedényekkel.

– A nagymamád imádta ezt a házat, és én sem fogok változtatni semmin. Miután elmentem, azt csináltok a házzal, amit akartok... – Júlia szavai elhaltak, ahogy szeretettel megérintette a tölgyfa szekrény ajtaját.

– Nagyon sok szép emlékem van erről a házról és rólatok – mondta Szófia sóhajtva. – Jay és én nagyon szomorúak voltunk, amikor már nem tölthettük a nyarakat veletek. –

– Igen, azok nehéz idők voltak mindannyiunk számára. A nagymamádnak majdnem megszakadt a szíve bánatában, és nekem is borzasztóan hiányoztatok. De örülök, hogy végre itt vagytok. – Júlia felsóhajtott és témát váltott. – Emlékszel Dánielre? Nemrég visszaköltöztek a városba, és első dolga volt, hogy rólad kérdezzen. Anyukád megeskette Anikót, ő pedig engem, hogy nem mondunk neki semmit rólad, de hadd mondjam el, nagy kísértést éreztem, hogy megszegjem az ígéretemet. Kedves fiú, és nagyon szomorú volt, amikor nem voltam hajlandó beszélni rólad. –

– Nem fogod elhinni, de összefutottunk a repülőtéren, és az apja meghívott ebédre. –

– Nem mondod komolyan! Hol találkoztatok? Budapesten? –

– Nem, még New Yorkban. –

– Igen, a hentestől hallottam, hogy New Yorkba mentek nyaralni. –

Jayden csatlakozott hozzájuk és leült. – Júlia, nem volt alkalmam elmondani neked. Tegnap történt velem valami, amit nem tudok megmagyarázni. Láttam egy lányt az ásatásnál, aki Szófia tükörképe képe volt. És ami a leghihetetlenebb, hogy majdnem megölt. –

Júlia szó nélkül hallgatta Jaydent, de az arcán gyorsan változó kifejezés hangosan beszélt a benne kavargó érzelmekről, ahogy mosolygó érdeklődése halálos rémületté változott. Amikor Jayden befejezte a részletes beszámolót, az arca már krétafehér volt, kezei remegtek és felkiáltott: – Édes Istenem! – Felállt, remegő kézzel megragadta a kávéskannát és a csészéket, és csendben letette őket az asztalra. Miután kivette a tejet a hűtőből, leült és beszélni kezdett. – Hallgatást esküdtem, de ez a helyzet ígéretem megszegését követeli. Elmondok nektek mindent, amit tudok, mert úgy látom, hogy a helyzet nagyon komolyra fordult. Nem hallgathatok tovább. Meg kell tudnotok az igazságot. –

– Ki ez a nő, ismered? Mit tudsz róla? – Jayden határozott hangja válaszokat követelt.

Júlia mindenkinek kávét öntött, és beszélni elkezdett. – Amikor baby Aiden meghalt, az tragédia volt az egész család számára. – Elhallgatott fejét ingatva. –Talán nem kellene... Lehet, hogy túl fájdalmas... –

– Nem, kérlek, mondj el mindent, amit tudsz! Anya és apa mindig elhallgattattak minket, amikor megkérdeztük, mi történt – könyörgött Jayden.

– Rendben – felelte Júlia, majd folytatta, Szófiára pillantva. – Amikor a baba meghalt, akkor igazolódott be a szüleid gyanúja, hogy az ikertestvéred, Amélia, mentálisan beteg. Anyád szerintem gyanította egészen pici korától, de tagadta. Bár rajtakapta, hogy kegyetlen az állatokkal, és észrevette, hogy úgy tűnik, nem érez együttérzést senki iránt, és a végletekig önző, anyád nem akarta elfogadni az igazságot. A nagymamád mesélte, hogy szüleid hároméves korában vitték el először orvoshoz, de nem tudták diagnosztizálni a betegségét, mert nagyon jól tudott hazudni. Sok pszichiátert becsapott azzal, hogy azt mondta, amit szerinte hallani akartak, és úgy tett, mintha teljesen normális lenne. Így aztán évekig diagnosztizálatlan maradt, amíg meg nem ölte a szegény, védtelen csecsemőt. –

– Azt mondod, hogy Amélia megölte a kisöccsénket? – Szófia hangja éles korbácsütésként csattant a levegőben.

Júlia letörült egy könnycseppet. – Igen.

– Miért nem beszélt erről anya és apa? –

–Tudtam! – kiáltotta Jayden. – A szívem mélyén tudtam. Hazudtak nekünk. –

Júlia mély lélegzetet vett, és hátrébb csusszant a széken. – Megpróbáltak megvédeni benneteket. Ezért amikor abbahagytátok a kérdezősködést, azt remélték, hogy elfelejtettétek az egészet, ezért nem hozták fel újra. –

Jayden fújtatott, mint egy dühös vadkan. – Hogyan is felejthetnénk? Tudtam, hogy valami nincs rendben. Sokszor megkérdeztem anyát, hogy Amélia miért alszik külön szobában, és miért csukják be éjszakára az ajtaját, de mindig elhallgattatott. De hogyha Amélia megfojtotta Aident, miért volt véres a kiságy és Aiden ruhája? Erre határozottan emlékszem. –

Júlia felsóhajtott. – Úgy gondolom, hogy amikor a párnát a baby arcára szorította, több mint valószínű, hogy a nyomás orrvérzés vagy tüdővérzés okozhatott. És igen, anyád már Amélia pici korától fogva óvintézkedéseket tett, mert nagyon jól tudta, hogy mire képes. Ezért is engedte meg hogy ti velünk töltsétek a nyári szünidőket, hogy addig is biztonságban legyetek. Különben eltiltottak volna benneteket nagymamátoktól, mert ellene voltak a mi kapcsolatunknak. Amikor aztán Ameliát elmegyógyintézetbe vitték, végül pszichopata személyiségzavart diagnosztizáltak nála. –

– Mit jelent ez? – kérdezte Jayden. Orvos vagy, el tudnád magyarázni nekünk? –

– Egy pszichopata soha nem ragaszkodik senkihez – kezdte magyarázni Júlia. – Nem éreznek megbánást vagy bűntudatot – kivéve, amikor elkapják őket. Akkor haragot éreznek azok iránt, akik rájöttek aljas tettükre, és dühösek magukra, amiért hanyagok voltak, és engedték, hogy átlássanak rajtuk. Úgy érzik, hogy szükségük van kapcsolatokra, de az embereket leküzdendő vagy kihasználható akadályoknak tekintik. A pszichopaták általában magas verbális intelligenciával rendelkeznek, de általában hiányzik belőlük az érzelmi intelligencia. Mesterek a mások manipulálásában azáltal, hogy játszanak az érzelmeikkel. Történeteik érzelmi aspektusa sekélyes és homályos. Nem tudják megmagyarázni, mit éreztek, amikor megbántottak valakit, miért éreztek így, vagy mások hogyan érezhettek és miért. Az érzelmi intelligencia hiánya az első jó jele annak, hogy pszichopatával van dolgunk. –

– Valahogy ösztönösen tudtam ezt, mert amikor akart valamit, nagyon kedves tudott lenni, máskor pedig amikor belém rúgott vagy megcsípett, kegyetlenül mosolygott – emlékezett vissza Szófia.

Jayden Szófiára pillantott. – Igen, velem is ilyen volt. De mi késztethette őt arra, hogy ilyen szörnyű dolgot tegyen? Érezhetett legalább egy kis bűntudatot, amikor megfojtotta Aident? – kérdezte Júliára tekintve.

– Nem vagyok pszichiáter, de amennyire tudom, nem képesek vállalni a felelősséget a saját tetteikért, és nem éreznek egy fikarcnyi bűntudatot sem – válaszolta Júlia.

– Hogyan halt meg Amélia? – kérdezte Jayden.

Júlia habozott, mielőtt folytatta volna. – Ameliát majdnem egy évig tartották az elmegyógyintézetben, de sikerült megszöknie, és megfenyegette anyádat, hogy ti ketten lesztek a következők, ha megpróbálja visszaküldeni az intézetbe. A szüleid nem tudták megkockáztatni, hogy otthon maradjon, és visszavitték az intézetbe. Néhány héttel később ismét megszökött, így Anikó magánápolókat fogadott, és New Yorki elmegyógyintézetbe repültek. Amélia orvosa és a szüleid aláírták a szükséges papírokat, és Anikó elhozta őt egy biztonságos magánintézménybe itt, Magyarországon. A szüleid megrendezték a temetését a ti kedvetekért, és azért, hogy elkerüljék a barátaitok kérdéseit, és hogy normális életet élhessetek. –

Jayden dühösen felhördült, és azt kiabálta: –Nem volt normális életünk! Az árnyék mindig ott volt, csak nem tudtuk, mi az. –

Júlia lehajtotta a fejét. – Tudom. A szüleid évente egyszer látogatták meg Améliát, és Anikó és én eleinte körülbelül havonta egyszer mentünk az intézetbe. Később, ahogy Amélia idősebb lett, megpróbált manipulálni minket, hogy kiírassuk az intézményből. Amikor nemet mondtunk, erőszakossá vált, így egyre kevesebbet látogattunk. Néhány évvel ezelőtt teljesen abbahagytuk a látogatást. De egy hónappal ezelőtt sikerült elmenekülnie, és senki sem tudja, hol van, de most nagyon félek, Jayden. A szüleid bankszámlát nyitottak itt a költségek fedezésére, és amikor megszökött az intézményből, sikerült pénzt felvennie a számlájáról az anyád nevében. Ma bárhol lehet. –

Jayden bólintott, és az asszonyhoz fordult: –Mit tudnál még mondani nekünk az állapotáról? Mondj el mindent, amit tudsz a pszichopata személyiség és viselkedés jellemzőiről. –

– Hadd gondolkodjak. Felszínes bájról és grandiózus önértékelésről tesznek tanúbizonyságot, és kóros hazudozók. Ravaszok és manipulatívak, nem mutatnak bűntudatot, és nem vállalják a felelősséget tetteikért. –

–Hallottam az antiszociális személyiségről. Van különbség a kettő között, vagy ugyanaz? –

– A pszichopata nem ugyanaz, mint az antiszociális. Az antiszociális személyiségek lehetnek pszichopaták, vagy nem. Az antiszociális személyiség elsősorban a törvény, a szabályok és az egyének jogainak tiszteletben tartásának megtagadása. A pszichopátia magában foglalja a gyenge érzelmi intelligenciát és lelkiismeretet, valamint azt, hogy képtelenek kötődni az emberekhez, kivéve rövid időszakokat amig kihasználják őket. –

Szófia feszülten hallgatta, majd megkérdezte: – Tudják, hogy mi okozza, vagy talán a szüleink tettek valamit, hogy ilyenné tegyék? –

–Lehet, hogy van egy gén, amely felelős a pszichopatikus személyiség fejlődéséért. Amennyire én tudom, így születnek, és általában nem részesülnek gyógyszeres kezelésben vagy tanácsadásban. Mivel az agyuk eltérően működik és dolgozza fel az információkat, egy rendkívül intelligens pszichopata működhet a társadalomban érzelmek színlelésével, de a kevésbé intelligens pszichopaták többnyire börtönökbe kerülnek bűncselekmények elkövetése után. –

– Mit tegyünk? Úgy hangzik, mintha meg akarná ölni Jaydent vagy mindkettőnket, és hogy habozás nélkül meg is tenné – jelentette ki Szófia, aggódva tördelve az ujjait.

Jayden megvakarta a fejét. – Nem hiszem, hogy bármit is tehetnénk. Legalábbis addig nem, amíg meg nem teszi a következő lépést. De ha megjelenik, akkor meg kell védenünk magunkat, és Améliának meg kell kapnia a szükséges orvosi segítséget. –

Júlia csendben felszolgálta az ebédet. Szófia fáradt volt, Jayden pedig túl felajzottnak érezte magát ahhoz, hogy mindennapi dolgokról beszéljen. Így csak bólogattak és hallgatták Júlia ideges fecsegését. Amint befejezték az evést, Szófia felállt és nyújtózkodott. – Olyan fáradt vagyok. Nem sokat aludtam a gépen. Szundítanom kell egy kicsit. –

Jayden megszimatolta az ingét, és összeráncolta a homlokát. – Nekem pedig szükségem van egy hosszú zuhanyra, és én is szundítok egyet. Minden részem fáj, csak pár órát aludtam a sátorban lévő kemény kempingágyon. –

Júlia felállt, és elkezdte összeszedni az edényeket. – Pihenjetek. Megpróbálok majd csendben maradni. –

Tizenegyedik fejezet

„Néha talán eltévedünk, de mindig megtaláljuk a megfelelő személyt, akitől útbaigazítást kérhetünk." ~ Robert Brault

~~~

Szófia rövid, nyugtalan álomból ébredt. Ijedten nézett körül a szobában. *A nagymamánál vagyok.* A megnyugtató gondolat lecsillapította heves szívverését, és bátyja halk horkolásának hangja a vendégszobában megnyugtatta. Kiugrott az ágyból, és a fürdőszobába indult. Miután felfrissült, kinyitotta bőröndjét, gyorsan átöltözött, és lement a földszintre. Juliát a nappaliban találta, kávét kortyolgatva. – Most főztem frisset, menj önts magadnak – kínálta meleg hangon.

Szófia megtöltött egy csészét, és leült a kanapéra. Egy percig csendben gondolkodott, majd a Júliához fordult. – Mesélj nekem Dánielről. Ugyanaz a személy, mint amikor gyerekek voltunk, vagy megváltozott? –

– Nem tudok róla túl sokat, de ahogy mondani szokták, ha nincs hír, az jó hír. Nincs róla pletyka, ami jó dolog, mert azt jelenti, hogy nincsenek féltékeny barátai és ellenségei. Az utolsó látogatásod után, amikor megtudta, hogy nem itt fogod tölteni a nyaraidat, összetört a szíve. Egész nyáron szomorúan tekergett a városban, és folyton könyörgött Anikónak, hogy adja meg neki a címedet. Leveleket írt és áthozta, de a nagymamád nem volt hajlandó postázni őket. A szegény fiú olyan szomorú volt, hogy a szívem szakadt meg érte. –

– Én is szomorú és dühös is voltam – vallotta be Szófia. – Nem számított, mennyit könyörögtem anyának, ő nem engedett. De a
~~~

névváltoztatás, a költözés és az új iskola elvonta a figyelmemet, és a szüleim rendkívül elfoglaltak minket. Sokat utaztunk, és minden lehetséges iskola utáni tevékenységre beírattak minket. –

–Igen, azt hiszem, Dániel szülei is ezt tették. Elköltöztek, és nem hallottam felőlük addig, amíg vissza nem költöztek pár hónapja. –

– Gyerekként nagyon közel éreztem magam hozzá, olyan érzésem volt, mintha lelki társak lennénk. Soha nem éreztem ilyet senkivel kapcsolatban, amíg nem találkoztunk a repülőtéren, és ezek az érzések vissza nem tértek. Olyan érzés volt, mintha hirtelen betelt volna egy űr. –

– Ismerem ezt az érzést – sóhajtott Júlia. –Nagyon jól ismerem. –

– Tudom, hogy nagyon szeretted nagyit. Nagyon hiányozhat. –

Júlia szomorúan megrázta a fejét. –Most nincs kedvem rólam beszélni. Talán majd a temetés után. –

Szófia megértően bólintott és témát váltott. – Olyan békés és csendes itt minden. – Felsóhajtott: –Nagyon vártam erre a nyárra, de most... az őrült húgom, akit nem is ismerek... –

Júlia megveregette a kezét. – Minden rendben lesz. Amíg aludtál beindítottam a riadóláncot, és a városban mindenki nyitva tartja majd a szemét. Amikor megtaláljuk, te és Jayden biztonságban lesztek. –

Hirtelen egy mennydörgő hang arra késztette Szófiát arra, hogy sikoltva felugorjon. –Mi volt ez? – kérdezte, miközben kétségbeesetten körülnézett.

– Nincs mitől félned! – Júlia nevetve nyugtatgatta a rémült lányt. – Ez csak Bandita, a szomszéd kutyája. A szokásos délutáni csemegéjéért jött, és biztosan szokatlan neki, hogy az ajtókat csukva találja. – Júlia felállt, kinyitotta az ajtót, és beengedte a hatalmas Szent Bernárdot.

Szófia, megkönnyebbült az ijedtség után, és gyanakodva figyelte a kutyát, ahogy szimatolja a kezét. – És azt hittem, itt halotti csend lesz – kuncogott, majd megveregette a kutya fejét.

– Ó, néha itt is elég zajos az élet – mondta Júlia, miközben kivette a kutyusnak sütött kekszet egy üvegből. – Márta bosszantó kakasa hajnali négykor ébreszt, amikor elfelejti bezárni a tyúkól ajtaját. –

– Még mindig jobb, mint a szomszédod hajnali háromkor porszívóznak, vagy amikor a szemetesek felébresztenek, és káromkodnak, mint a tökrészeg tengerészek a bárban – válaszolta Szófia kuncogva.

– Határozottan jobb – értett egyet Júlia.

– Nagyon bánt, hogy nem jöhettem, amikor a nagymama még élt. Amikor elmondtad nekünk, hogy elhunyt, Jayden és én nagyon bűnösnek éreztük magunkat. –

– Drága gyermekem, ez nem a ti hibátok volt. Már hónapok óta beteg volt, és tudtuk, hogy közel a vég. Nehezebb volt nézni a szenvedését, mint tudni, hogy szeretetben halt meg a kezemet fogva. Elbúcsúztunk, és majd újra találkozunk, amikor eljön az én időm is. –

Jayden csoszogott lefelé a lépcsőn, szeme puffadt volt az alvástól. Leült Szófia mellé, és bámulta a nagy kutyát.

– Sokkal jobb illatod van – Szófia nevetve szimatolt.

– Igen, és meg is borotválkoztam – válaszolta Jayden, megérintve az állát. – Újra embernek érzem magam. – Arckifejezése elkomolyodott, Júliára nézett és megkérdezte. – Júlia, tudnál tenni valamit értünk?

– Természetesen! Mire van szükséged? –

– Szükségem van rá, hogy aktiváld a pletykaláncodat. Ki kell derítenünk, hol rejtőzik Amélia... ha valóban ő volt. –

– Már be is indult míg aludtatok – biztosította Júlia. – A városban mindenki figyel egy idegen nőre, aki piros autót vezet. –

Szófia Juliához fordult, mélyen elgondolkodva. –Azt hiszem, hasznos lenne, ha megmutatnád nekik a képemet. Jay azt mondta, hogy Amélia pontosan úgy néz ki, mint én, szóval... –

– Ez egy nagyszerű ötlet! Miért nem gondoltam erre? – kiáltotta Júlia, előhalászva a zsebéből a mobiltelefonját.

Szófia mosolyogva pózolt a felvételhez. – Ne mosolyogj, gyermekem – figyelmeztette Júlia. Kétlem, hogy Amélia ragyogó mosollyal az arcán sétálna a városban. –

Szófia engedelmeskedett, és komoly arcot vágott.

Júlia elküldte a képet a riadólánc első tagjának, egy rövid üzenettel, hogy továbbítsák, majd eltette a telefonját, és a hátsó ajtóhoz sietett. – Átszaladok a boltba, nincs elég tej itthon. Csukjátok be az ajtókat, és maradjatok a házban. Amélia ugyan még soha nem volt ebben a házban, de sose lehet tudni. –

Jayden bólintott. – Fent leszünk az emeleten. Meg fogom mutatni a jegyzeteimet és a képeimet Szófiának arról, amit az ásatás helyszínén találtunk. –

Júlia kinyitotta az ajtót és kitessékelte maga előtt a hatalmas kutyát. Amint bezárult mögöttük az ajtó, Jayden azt mondta Szófiának: – Gyere folytassuk a könyvet. – Nem várta meg Szófia válaszát és felrohant a lépcsőn.

Mire Szófia utolérte, Jayden már az ágyán ült. – Itt van – kiáltotta, miközben kinyitotta a táskát és kibontotta a könyvet. Letelepedtek az ágyra, és Szófia olvasni kezdett.

Zala keresztbe tett lábakkal ült a barlang bejáratánál. Mély, nyugtató lélegzeteket vett, és arra koncentrált, hogy megtalálja és belépjen a sólyom elméjébe. A madár kedvenc kilátófáján üldögélt, vadászott, de amint Zala gondolatai agyába villantak, és megértette Zala utasításait, elrepült. Zala kristálytisztán látta elméjében mindazt, amit a madár látott. A sólyom átrepült a falu felett és Zala majdnem elvesztette a koncentrációját, amikor meglátta a földön fekvő élettelen testeket. Nők, gyermekek és idős férfiak vére festett vörösre a földet és a jurták falait. Egy zsíros hajú férfi, kegyetlen vigyorral az arcán, egy fiatal lányt húzott a hajánál fogva egy jurtába. Zala rémülten felkiáltott, amikor megpillantotta Elánát a sólyom szemén keresztül, aki leugrott a lováról, és a bátyjához, Botondhoz rohant.

– Mit látok? – gondolta Zala. – Ez egy látomás? Korábban soha nem voltak látomásaim a jövőről. Elána itt van, tehát nem most történik. – Zala erősebben koncentrált, megerősítette a kapcsolatot a sólyommal, és látta, hogy Botond bólint, amikor Elána közel került hozzá, és megfordul, hogy üldözőbe vegyen egy kócos embert, aki elfutott mellette a sámán felé. Elána hirtelen hátulról megragadta Botond hosszú haját, és kardjának gyors mozdulatával elvágta a férfi torkát. Botond kinyitotta a száját, de nem tudott hangot kiadni. Ahogy a szeme élettelenné vált, hitetlen kifejezés telepedett az arcára. Lassan a földre rogyott, mintha rongybábú lenne. Zala látta, hogy Elána édesanyja karddal a kezében rohan, majd holtra váltan megáll és felordít: – Mit tettél? – Zala kapcsolata hirtelen megszakadt a sólyommal.

A szíve zakatolt, de Zala kényszerítette magát, hogy megnyugodjon annyira, hogy sikerüljön helyreállítania a kapcsolatot a madárral. Látta Botond testét a földön, és látta Elána győztes és kegyetlen arckifejezését, ahogy a test fölött állt, és lenéz rá. Majd Mara szenvedő kiáltását hallotta. – Nem! Mit tettél? Megölted a testvéredet! –

Elána felmordult. – Eldobtál magadtól! Ezek a latrok befogadtak. Megérdemled, hogy úgy szenvedj, mint én. – Hátralépett Botond testétől, és fütyült a lovának.

– Tuána! – zokogott fel Mara, és összeesett a földön. A fiatal nő kegyetlen nevetése átsuhant a sólyom fején és Zaláén, amint lóra pattant és elvágtatott.

Tuána! gondolta Zala. *Ez nem egy látomás. Úgy néz ki, mint Elána, de nem ő.* A felismerés úgy zuhant rá, mint egy kőrakás. Ő Elána ikertestvére, és most ölte meg a bátyjukat. Torka összeszűkült, és minden lelki erejét össze kellett szednie, hogy tovább tudjon figyelni. Ahogy a sólyom megfordult, Zala a madár szemén keresztül látta a sámánt. Az öregember torkát elvágták, és fejdísze darabokra tört.

Zala vére megfagyott, amikor meglátta a vadászok élettelen testét a falu bejáratánál a földön, mellkasukból és fejükből nyilak álltak ki. A horda bizonyára lesből támadta meg őket. Néhány férfinak még arra sem volt ideje, hogy elővegye a fegyverét. Egy pár idegen ember holtteste is volt a földön, de Zala körülbelül húsz embert számolt össze, akik még mindig gyalog járták a falut. Eleget látott, és könnyekkel az arcán megszakította a kapcsolatot a sólyommal.

Elána aggódó arccal jött ki a barlangból. –Mit tudtál meg? –

Zala lehajtotta a fejét: – Anyád él, de ott... Mindenütt holttestek vannak. –

– Nem! Kérlek, ne! – kiáltotta Elána, és térdre esett.

Zala felegyenesedve állt, tőrrel a szemében. – Fizetni fognak! Elána, most nincs itt idő sírásra. –

Elána bólintott, letörölte a könnyeit, és az arca kővé meredt. – Igazad van. Bosszút állunk, aztán gyászolni fogunk. Már majdnem besötétedett, készen állnak a fegyverek, indulhatunk. –

Zala megfordult és besietett a barlangba. Megtöltötték a lovak nyergére erősített tegezeket, és amikor a nap eltűnt a hegy csúcsa mögött, csendben lovagoltak a falu felé. Elána próbálta féken tartani érzelmeit, de belül remegett a dühtől, és szemét könnyek homályosították el.

Zala, látva küzdelmét, szelíd hangon szólt hozzá. – Elána, légy erős. Ma este harcos vagy. –

– Igen, igazad van – mondta, miközben nyeregben fordult hozzá. –Ma este harcossá kell válnom. – Ajkai remegtek, majd vékony vonallá préselte őket. Néhány percig csendben lovagolt, amíg könnyei felszáradtak, majd ismét Zala felé fordult, aki mellette lovagolt. – Zala, bele tudsz férkőzni az állatok fejébe, de irányítani is tudod őket? –

– Igen, bizonyos fokig, mint amikor elküldtem a sólymot, hogy repüljön át a falu felett. Miért kérdezed? –

– Mert... Ha tudnád... Rá tudod venni őket, hogy segítsenek nekünk? –

– Nem vagyok benne biztos, de megpróbálhatom. A közelben élő farkasfalka néha segít nyomon követni a zsákmányt, és cserébe segítek nekik, ha megsérülnek vagy megbetegednek. –

– Ide tudod hívni őket? Segítségre van szükségünk. Egyedül nem tudunk annyi elszánt banditával harcolni. –

– Rendben van, megpróbálom Álljunk meg egy percre. Zala megállította lovát, lecsúszott a nyeregről, és keresztbe tett lábakkal leült a földre. Elána leszállt Villám hátáról, és leült mellé.

– Elána, előbb kell mondanom, amit láttam. A sólyom szemén keresztül láttalak. Nem, valójában láttam valakit, aki pontosan úgy nézett ki, mint te. Megölte a bátyádat. –

Elána rémülten lélegzett. –Mit értesz azon, hogy úgy nézett ki, mint én? –

– Azt hiszem... Nem, biztos vagyok benne, hogy ő Tuána volt, az ikertestvéred. –

Elána rémülten kapkodott levegő után. – Mit értesz azon, hogy úgy nézett ki, mint én? –

– Azt hiszem... Nem. Biztos vagyok benne, hogy ő Tuana, az ikertestvéred. –

– De ő már régen meghalt. –

– A sámán elmondta nekem, hogy mivel démonok szállták meg, és ő nem volt elég erős ahhoz, hogy megszabadítsa, a húgodat elvitték a faluból. A szüleid úgy tettek, mintha eltemették volna, hogy megvédjenek téged és a testvéredet. Tuánát messzire vitték Mundzuk király sámánjához. Azt mondták, ő majd tud rajta segíteni. –

– Miért nem tudtam erről? –

– A szüleid megesküdtek a sámánnak, hogy titokban tartják. –

– Meg fogom találni, és meg fog fizetni mindenért! – Elána megesküdött. – Próbáld meg megidézni a farkasaidat, Zala. Most! –

Zala mély, tisztító lélegzetet vett és lehunyta a szemét. Szinte eggyé vált környezetével. Hallgatta a madarakat és a kis állatok lépteit, amint a bokrok között surrantak. Elméjét a közeli barlangban lévő farkasfalkára összpontosította. Vadászni készültek. Zala gondolatai eljutottak az alfához. A bámulatos állat felemelte a fejét és üvöltött. Zala telepatikusan közölte segítségkérését. A farkas úgy reagált a kérésére, hogy halk morgást hallatott. Falkájának nyolc tagja feléje fordult, és amikor az alfa elindult, követték. – Jönnek. – Zala felállt.

– Nem fognak megtámadni minket, igaz? –

– Nem. Ismernek engem, és bíznak bennem. –

Zörgést hallottak a bokrokból, és a farkasok egyenként megjelentek. Csendben közelebb ügettek, és leültek Zala elé.

– Ne aggódj, Elána. Már régen ismeri a falka a szagodat, és elfogadtak, mint az ember falka nőstény alfája. Nem fognak bántani. – Zala egy percig az alfa szemébe nézett. Kommunikáltak, majd az állat morgott egyet és felállt. Halk morgássorozat hagyta el a torkát, ami úgy tűnt, hogy a falkát utasítja. A többiek hallgattak, és amikor az alfa felállt, és elindult a falu felé, követték.

Zala és Elána felpattantak lovaikra. – Ezek az állatok nem gyilkosok – biztosította Zala a lányt. Csak akkor ölnek, amikor élelemre vadásznak, ezért nem kérhettem őket, hogy segítsenek megölni mindenkit a hordában. – Elána felvonta a szemöldökét, mire Zala folytatta. – Ezeknek a banditáknak a nagyobb büntetése az lesz, ha életük helyett a kezüket veszítik el. Ezért megkértem a farkasokat, hogy használják erős állkapcsukat, és harapják le a kezüket. A Mundzuk király vezette be ezt a büntetést a tolvajok és banditák számára. –

– Nagyon okos vagy Zala, ezt mindig is tudtam. Igazad van. Jobb büntetés nem is kaphatnának azért, amit tettek. Kéz nélkül nem tudnak majd harcolni és vadászni, csak nyomorultul tengődni, amíg éhen nem halnak. Páriákká válnak majd, akiket mindenki elutasít és kiközösít. –

Néhány percig gondolataikba merülve lovagoltak, és már közel voltak a faluhoz, amikor részeg nevetést és tompa sikolyokat hallottak a falut körülvevő sűrűn nőtt fák és bokrok sora mögül.

– Megtalálták a kumiszt – mormogta Zala.

Ahogy közel értek a fákhoz és kikémleltek, szakadt ruhás, mosdatlan, torzonborz férfiakat láttak a földön ülni a tűz körül. Vad nevetésük, miközben ettek és ittak, felbőszítette őket. Elána zihált, amikor meglátta szomszédjai élettelen testét a földön.

Zala Elánához fordult, felvonta a szemöldökét, és némán megkérdezte, hogy készen áll–e. Elána szeme villámokat szórt a haragtól. Bólintott, és egy nyilat helyezett az íjára, majd megfeszítette a zsinórt, és megcélozta a leghangosabb bandita fejét, aki a horda vezetőjének tűnt.

– Te vesztetted a legtöbbet – suttogta Zala. – Jogod van bosszút állni. –

Elána elengedte a nyilat, és az átszúrta a gazember homlokát a szeme között, majd félig kijött a feje hátsó részéből. A rabló teste élettelenül hátrahanyatlott.

Zala ránézett a várakozó farkasokra, és intett nekik, hogy induljanak. A banditák rémülten talpra ugráltak, amikor vezetőjük elesett, és a farkasok megtámadták őket. Zala és Elána körbe–körbe lovagoltak körülöttük, céloztak és lőttek, miközben a banditák menekülni próbáltak. Néhányan nyilakkal átszúrva a földre zuhantak, mások pedig sikoltoztak, amikor a farkasok a kezükre csaptak.

Elána észrevette az alfát, amint erős állkapcsát egy férfi csuklójára szorította, és egy fejrándítással leharapta a kezét. Aztán Elána megdermedt, amikor meglátta a saját tükörképét, aki tébolyult szemekkel nézett rá. – Tuána! – kiáltotta.

Tuána bőszen feléfordította a lovát, megrúgta az oldalát, sürgetve a lovat, hogy vágtasson. Másodperceken belül összeütköztek. A lovak rémülten nyerítettek, ahogy a két lányt levetette a hátukról az ütközés ereje. Mindketten talpra ugrottak, és szembe néztek egymással. Elána elrikoltotta a harcosok csatakiáltását, felemelte a kardját, és Tuána felé súlytott. Elána mozdulata gyors volt, de Tuána elhajolt a halálos csapás elől.

Ahogy Tuána hátraugrott, rémülettel a szemében nézett le a mellette álló szürke farkasra. Az állat morgott, és Tuána jobb kezét tompa puffanással a földre ejtette. Az élettelen ujjak még mindig a kardot szorongatták. A farkas lerázta a vért a pofájáról, megfordult, és a bokrok felé futott. Tuána a csonkját bámulta, ahogy az vért lövellt a lábára. Felüvöltött, mint egy sebesült állat, majd őrült nevetést hallatott, miközben karjának csonkját a mellkasához szorította. Hátrálni kezdett. – Megátkozlak téged és utódaidat. A mai naptól fogva, a vérvonalatokban minden nőnek lesz egy olyan lánya, mint én, akit szemétként dobnak el. A lányok megölik majd testvéreiket, és életben hagyják ikertestvéreiket, hogy hordozni tudják a vérvonalat. Egy örökkévalóságon át minden anya meg fog fizetni azért, amit anyánk tett velem. –

Mielőtt Elána elérhette volna, Tuana elrúgta magát a földről, felugrott egy ló hátára, és ellovagolt.

Elánának két férfit támadását kellett elhárítania, akik megpróbálták megragadni. Mire arcon rúgta az egyik férfit, és kardjával átszúrta a másik torkát, Tuána eltűnt. A támadás percek alatt véget ért. A farkasok minden még életben levő banditát utolértek, és leharapták a kezüket. Az aljas semmirekellők, akik annyi bátorságot mutattak, amikor védtelen gyermekeket és nőket támadtak meg, elkezdtek könyörögni az életükért és megcsonkított karjukat a hónuk alá szorították, hogy megpróbálják elállítani a vérzést.

Elána undorodva néztek rájuk. –Elpusztítottátok a falunkat és megöltétek a népünket! – Elána fújtatott. – Megérdemlitek a halált azért, amit tettetek, de nem fogunk megölni benneteket. Tűnjetek el a szemünk elől! Fussatok a hitvány életetekért! –

A mocskos horda tagjai félelemmel a szemükben néztek rá és a farkasokra. Megfordultak, és futni kezdtek, lökdösve és taposva egymást.

Zala lecsúszott a lováról, és a farkasok elé állt. Ujjait az ajkára helyezte, utána megérintette a mellét, majd meghajolt. Elána követte, és hasonlóan fejezte ki szavak nélküli háláját. A farkasok megértették. Mély, sötét szemükkel rájuk néztek, meghajtották fejüket, majd az alfa vezetésével kiügettek a faluból abba az irányba, ahonnan jöttek.

A sikolyok és a zaj, amit a menekülő horda okozott, lassan elhalt, és Elána körülnézett. Térdre esett bátyja élettelen teste mellett. A torka összeszorult a lelkét elöntő fájdalomtól, amikor anyja kibújt rejtekhelyéről, sikoltozva odarohant és átölelve fia testét a mellkasához szorította.

Elána felállt. Még nem volt itt az ideje sírásnak és gyásznak. Segített Zalának és annak a néhány embernek, akik életben maradtak, hogy a holttesteket a falu tanácskozásokra használt sátrába vigyék. A testeket sorba a szőnyegre fektették és letakarták. Elána kiégettnek és rendkívül fáradtnak érezte magát. – Ez túl sok – suttogta, miközben Zala karjaiba omlott és tudatát átölelte a gyógyító tudatlanság.

Jólesően nyújtózva ébredt. Elmosolyodott, amikor meghallotta kedvenc madárdalát, de a következő pillanatban a valóság villámcsapásként

hatolt tudatába. Kinyitotta a szemét és felült. Egyedül volt a Jurtában. –
Zala! – kiáltotta.

– Itt vagyok. – Zala berohant a bejáraton, magához ölelte a lányt, és
megismételte: – Itt vagyok. –

– Zala, mit lesz velünk? – – kérdezte.

–Van segítségünk. Még este ketten átlovagoltak a nagybátyád falujába
segítséget kérni. Már itt is vannak. –

– És hagytad, hogy mindent átaludjak? – Kiáltotta és kibontakozott
Zala karjainak öleléséből.

Zala lehajtotta a fejét: –Alvásra volt szükséged. Túl sok volt mindez az
idegeidnek. –

– Köszönöm, de mennünk kell és segítenünk kell. –

Ahogy Elána félrehúzta a bejárati takarót, meglátta az embereket, akik
mély fájdalommal a szemükben üdvözölték. Elána sietett, hogy találkozzon
nagybátyjával, Bledával, amikor megpillantotta őt az oszlop mellett állva,
tetején a Turul szoborral. Mellette térdelt az anyja a bátyja és az apja teste
mellett. Fájdalmas zokogás fojtogatta Elánát, ahogy anyja mellett a földre
rogyott.

–Elána, nagyon sajnálom. – Bleda kinyújtotta a kezét, és megfogta a
kezét. – Tiszteletben eltemetjük a halottakat, és elhagyjuk ezt az elátkozott
falut. Anyáddal együtt velünk fogtok élni. –

Elána érzékei elzsibbadtak. Nehezen fogta fel, amit nagybátyja
mondott, amikor folytatta. – Zala elmondta nekem, milyen bátor voltál.
Büszke vagyok rád. – Simogatta meg a zokogó lány fejét. – Azt mondta,

megöltél néhány banditát, a többit pedig egy farkasfalka üldözte el. Azt állította, hogy nem tudja, honnan jöttek. De kíváncsi vagyok, hogyan kerültek ide, és vajon miért üldözték ezeket az embereket? – Szakállát vakargatva gyanakvással a szemében nézett Elánára.

– Én... Nem tudom – dadogta Elána. – Olyan gyorsan történt, és a farkasok mintha a semmiből kerültek volna elő. – Kétségbeesetten törte fejét azon, hogy mit mondjon, amivel nem árulja el Zalát. – De láttam, hogy a sámán valami különös dolgot csinál ujjaival, és kántál... Talán ő hívta őket. Soha nem fogjuk megtudni, mert mire minden lecsendesedett, holtan találtuk őt is – Zala titkát végre, képes volt szemrebbenés nélkül hazudni nagybátyjának.

Bleda bólintott, és úgy tűnt, elfogadja a sietős magyarázatot. – Ennek így kellett lennie. Biztosan a sámán hívta a farkasokat, senki más lenne képes erre. Elána, az édesanyád nincs olyan állapotban, hogy ellássa a sebesülteket, de hallom, hogy már te is sokat tudsz a gyógyításról. Találtunk néhány embert, akik még életben vannak és megsebesültek. A ti jurtátokban vannak, menj, segíts nekik. Mi gondoskodunk a temetési előkészületekről. –

Elána felugrott és elsietett. Ahogy belépett az ajtón, három férfit és két kisgyermeket látott a földön feküdni, mellettük pedig egy nő térdelt. Felnézett, és Elána felismerte Tuát, a nagybátyja feleségét.

– Örülök, hogy itt vagy, Elána – válaszolta. –Nem tudom, mit tegyek. Ennek az embernek nyílvessző van a hasában, ennek a fiatal fiúnak a lába eltört, eszméletlen, ennek a szegény kislánynak pedig fejsebe van. –

– Tudok nekik segíteni. Édesanyám sok mindenre megtanított. –

Azon a tragikus napon Elána kénytelen volt maga mögött hagyni boldog gyermekkorát, és vállalni a felnőttkor valóságát és felelősségét. Zala végül összeszedte a bátorságát, és bevallotta érzéseit. Az esküvőjük gyönyörű volt. Ő lett a klán legelismertebb gyógyítója. Boldogok voltak, amikor üdvözölték elsőszülött fiukat, és két évvel később megszülettek ikerlányaik. Elána sokáig kereste a húgát, de soha nem találta meg.

Zalától és Elánától tudva a lezajlott események részleteit, gyakran gondoltam Tuána átkára, és aggodalmam nem sokkal második kisfiuk születése után valósággá vált. Elána lánya, Taria, megfojtotta kisöccsét, és a gyermek élettelen testét a karjában tartva nevetett, nem mutatva a bűntudat legkisebb jelét sem. Megpróbáltam kiűzni a démonokat a testéből, és néhány hónap múlva azt hittem, hogy végre sikerrel járok. Elküldtük, hogy egy másik törzsnél éljen, és úgy tűnt, hogy jól van, de most már tudom, hogy becsapott. Egy holdfordulóval ezelőtt visszalopózott a falunkba, és álmában elvágta bátyja torkát. Zala felébredt, és látta, hogy Taria az ágy mellett áll a fia teste felett, és mosolyog. Mire leugrott az ágyról és a kardjáért nyúlt, Taria eltűnt. Zala és Elána egyelőre vigasztalhatatlanok, de lassan elfogadják, hogy erősnek kell lenniük egyetlen lányukért, és meg kell védeniük őt.

Most már tudom, hogy Tuána átka valós. Megtaláltam a boszorkányt, aki Tuána átkát megerősítette, és azt mondta, hogy az átok megtörésének egyetlen lehetséges módja az, ha Elána egyik leszármazottja vagy annak bajnoka megöli a gonosz ikertestvért, mielőtt esélye lenne megölni a testvéreit. Addig az átok minden generációból két áldozatot fog követelni. Nincs más módja az átok megtörésének. Ezt a könyvet odaadom Elánának és Zalának, hogy unokáik előre tudják sorsukat és megtörjék az átkot, mielőtt tragédia éri őket.

***

Szófia bezárta le a könyvet. – Jay, lehet, hogy ez a mi családunk átka? Lehet, hogy ez tényleg egy valódi átok? –

– Őszintén? Nem tudom. A hasonlóság azonban észbontó. –

Szófia rémülten felhorkant, majd megszólalt. – Ha ez mind igaz, és erős a gyanúm, hogy igaz, akkor az életed állandó veszélyben lesz, addig amig Amélia életben van. –

– Láttam még több könyvet a ládában. Olvassuk el őket. Talán többet megtudhatunk erről az átokról. –

– Jay, nagyon rossz érzésem van. Ez a történet úgy hangzik, mint egy ómen vagy valami ilyesmi. Szinte semmit nem tudunk a családunk történetéről. –

– Bármi lehetséges, és igazad van, nem tudunk semmit. Anya és apa sötétben tartott minket Améliával kapcsolatban. Vajon mit mást rejtegetettek még előlünk? Nézzünk körül a titkos szobában. Talán találunk valami hasznosat, amit a nagymama és a szüleink eltitkoltak előlünk. –

Jayden lehúzta a pecsétgyűrűjét, felállt, és kinyitotta vele a titkos szoba ajtaját.

Tizenkettedik fejezet

~~~

– Azta! – kiáltotta Szófia, amikor beléptek a titkos szobába. – Rengeteg kincs van itt. –

– Még csak ebbe a ládába néztem bele, de nézd azokat a polcokat, amelyek a padlótól a mennyezetig szegélyezik a falakat! –

Szófia a polcokhoz lépett, és egyenként megérintette a fából és kőből faragott szobrokat. – Nézd! A Szent Turul. Ez a fafaragás mestermű. –

– Igen, becslésem szerint legalább ezeréves. Nézd ezt a lovat. – Jayden a fekete ónix szoborra mutatott.

– Csodálatos! – Szófia csodálkozott.

– Ezeket később is megnézhetjük – mondta Jayden a nővérének. – Lássuk, találunk–e még több írást a ládában. –

– Rendben...– Szófia habozva válaszolt. Nehezen tudta elfordítani a tekintetét a szobrok, ékszerek, gyöngyökkel díszített fejdíszek, arany kelyhek és tálak sorairól. Jayden kinyitotta a faládát, és egyenkét emelgette ki a bőrbe csomagolt tárgyakat. Kicsomagolta a tárgyakat, és a kardokra, késekre, kézzel készített bőrcipőkre és gondosan becsomagolt tekercsekre szegezték a szemüket.

– Jay, nézd! Szófia a láda fedelének belső oldalára mutatott. – Itt van egy boríték, és nem tűnik réginek. –
~~~

Jayden megragadta a fehér boríték sarkát, de nem tudta levenni. – Úgy tűnik, hogy a láda tetejére van ragasztva – motyogta, és óvatosan felemelte a sarkot egy késsel, és lefejtette a borítékot anélkül, hogy eltépte volna a papírt.

Ahogy megfordította, írást látott a borítékon. – Szófiának és Jaydennek – olvasta hangosan. – Ez a nagymama kézírása, és nekünk szól. – Állapította meg csodálkozva. Leült egy dobozra, kinyitotta a borítékot, és elővette az összehajtogatott levelet. Elkezdte hangosan felolvasni.

Drága Szófia és Jayden,

Ha ezt a levelet olvassátok, az azt jelenti, hogy már nem élek. Megesküdtem anyátoknak, hogy soha nem fogok nektek beszélni Aidenről és Améliáról, de azt soha nem ígértem meg, hogy nem írom le nektek. A ládában találtok egy bőrre irt könyvet és régi tekercseket, amelyek leírják családi átkunkat. Ezt a tudást nem vihetem a síromba. Miután elolvastátok Zoán könyvét és a tekercseket, látni fogjátok, hogy az átok valódi és nem mese. Jayden, veszélyben vagy! A szüleid elhitették veled, hogy Amélia, Szófia ikertestvére meghalt. Az igazság az, hogy megölte Aident, és elmegyógyintézetbe került, erről kérdezzétek meg Júliát. Amélia minden tőle telhetőt meg fog tenni, hogy megöljön téged, Jayden. Ez a sorsa. Nem tehet róla.

– Micsoda? – kiáltotta Szófia. –Szóval mégis igaz? Nem értem, Jay. Mi történik velünk? –

– Nem tudom. Még Zoán története után is azt hittem, hogy... Hadd olvassam tovább a nagymama levelét. –

Jay, nem figyeltél, amikor megpróbáltam megtanítani olvasni a rúnákat, de Szófia, te tökéletesítetted. Olvasd el a könyvet, és látni fogod, hogy az átok nagyon is valóságos. Arra az esetre, ha nem találnád meg a levelemet és Zoan könyvét, megkértem Juliát, hogy mindent adjon oda nektek a temetésem után.

Anyádnak volt egy ikertestvére. Megölte a kisfiamat, majd később megölte a bátyját is. Anyám tudott az átokról, mert ő maga is áldozattá vált, de rájött, hogy az átok csak akkor valódi, amikor az idősebb fiamat is megölte az elmebeteg húga, akárcsak a bátyámat az ő húga. Ekkor adta nekem a könyvet. Nem vette komolyan az átkot, mint minden más nő a családunkban előtte, amíg túl késő nem volt.

Többször megpróbáltam felhívni anyádat, de nem volt hajlandó beszélni velem, mint ahogy én sem voltam hajlandó meghallgatni anyámat, amikor figyelmeztetni próbált. Soha nem bocsátottam meg neki, hogy tönkretette az életemet azzal, hogy arra kényszerített, hogy feleségül menjek a nagyapádhoz. Fiatal voltam, és azt tettem, amit mondtak nekem. Bárcsak a szívemre hallgattam volna... De ez már a múlt.

A tény az, hogy az átok Elána ideje óta minden egyes generációval megismétlődött. Ha nem veszitek komolyan, újra és újra meg fog történni. Olvassátok el a ládában található tekercseket is. Majdnem minden generáció feljegyezte az eseményeket, miután megtörténtek, és minden alkalommal ugyanúgy történt minden.

Jayden, ha az átok nem törik meg, Amélia megöl, és Szófia, jövőbeli gyermekeidnek ugyanez lesz a sorsa. Megpróbáltam megállítani Amáliát, és lefizettem egy ápolót, hogy csempésszen mérget az intézménybe, de

Amélia odaadta az italt a szobatársának, akinek a halála most súlyosan nyomasztja a lelkiismeretemet. Röviddel ezután megszökött. El kellett fogadnom a tényt, hogy nem az a sorsom, hogy elpusztítsam őt és megtörjem az átkot. Meg kell tudnotok, hogy melyikőtök képes ezt megtenni. Ennek meg kell lenni, különben a családi átok folytatódik. Őseink minden generációban elkövették azt a súlyos hibát, hogy megpróbálták megvédeni gyermekeiket azzal, hogy titokban tartották a családi átkot, amíg túl késő nem lett.

A családunkban a nők mindig csak azután fogadták el az igazságot, amikor a legidősebb fiunkat megölték. Talán azért, mert az átok olyan erős, hogy az események láncolatát nem lehet megszakítani. Jay, többször is megpróbáltam átadni neked Zoán könyvét, de a próbálkozásaim minden alkalommal meghiúsultak. Amikor New Yorkban voltam, valahol Dél– Amerikában voltál, és az anyádnak tett ígéretem megakadályozta, hogy bármit is elmondjak Szófiának. Még kétszer is megpróbáltam postázni, de mindkét alkalommal különböző magyarázatokkal küldték vissza, hogy miért nem árt el hozzád a csomag. Ezért kellett bíznom az ösztöneitekben és a logikátokban, hogy összerakjátok a nyomokat, és megtaláljátok a könyvet.

Az időm közel van – érzem. Júlia tud az átokról, és mindent megtesz, hogy segítsen nektek. Szeressétek és védjétek egymást.

Szerető nagymamátok, Anikó

–Jay, ez rémitő! Komolyan kell vennünk ezt az átkot. –

Jayden leeresztette a levelet az ölébe, és kételkedve nézett a húgára. – Tényleg lehetséges, hogy mindez igaz? –

– Most már biztos vagyok benne. Gondolj bele! Ami a könyvben le van írva, az megtörtént velünk, szóról szóra, és most a nagymama levele... Azt mondta, hogy Elána óta minden generációval megtörtént. –

Jayden hitetlenkedve nézett húgára. – De a könyvben Zala telepatikusan tudott kommunikálni a farkasokkal. Úgy értem, tényleg?! Nekem mesének hangzik. –

Szófia előrehajolt és magyarázatba kezdett, próbálva meggyőzni Jaydent: – Igen, ez a rész mesének hangzik, de gondolj bele. A négyszázas években emberek babonásak voltak, és azokat a dolgokat, amelyeket nem értettek, varázslatosnak hitték, vagy azt hitték, hogy ez az istenek akarata. Lehet, hogy csak a sámán képzelete volt, vagy egy farkas valóban leharapta Tuána kezét, ez örök titok marad. Olyan jelenségeket, amiket nem tudtak megmagyarázni, azokat varázslatnak vélték. El kell olvasnunk ezeket a tekercseket. –

– Nos, ha így fogalmazol, akkor van értelme. –

– Ébernek és óvatosnak kell lennünk – hangsúlyozta ki Szófia. – Lehet, hogy bizarrul hangzik, de kezdem azt hinni, hogy generációkon át az egyik iker génjeibe van kódolva az, hogy végrehajtsa az átkot. –

– Lehet, hogy igazad van. Mit tegyünk? –

– Rengeteg fegyver van ebben a szobában, amelyekkel megvédhetjük magunkat. Nézd meg azokat a kardokat, amelyek a falra vannak szerelve. Több százévesek lehetnek. –

– Oké, de nem tudjuk, hogyan kell karddal harcolni – nevetett fel Jayden idegesen.

– Gondolkozz, Jay! – Szófia felhördült. – Apa mindig azt mondta, hogy a vérünkben van. Állandóan kardvívást játszottunk, és bár senki sem tanított minket, jók voltunk benne. És emlékszel, hogy mindketten pontosan tudtuk hogyan kell az íjjal bánni, amikor először próbáltuk? Úgy gondolom, hogy az íj és a nyíl használatának ismerete a génjeinkbe van kódolva, csakúgy, mint a lovaglás. –

– Igen, igazad lehet. Talán gén memória amit örököltünk. – tűnődött Jayden.

Júlia kiáltása a földszintről félbeszakította a beszélgetésüket: – Itthon vagyok! –

– Mindjárt lent leszünk– – kiáltotta Jayden, miközben igyekeztek kifelé a titkos szobából. Becsukták az ajtót, és elindultak le a lépcsőkön.

Júlia várta őket a nappaliban. – A kép nagy segítség volt – jelentette be. – Még mindig nem tudjuk, hol rejtőzik, de Pali, a pék, emlékezett rá, hogy néhány héttel ezelőtt látta őt a pékségben, és a postás tegnap látta az ismeretlen piros autót, amely a hegyről lefelé haladt a földúton. Egészen biztos benne, hogy Amélia vezette. –

– Nos, legalább tudjuk, hogy nem hallucináltam, amikor megláttam – ismerte el Jayden.

– Ó, még nem értünk el mindenkit, úgyhogy talán többet is megtudhatunk. Márta mindenkitől gyűjti az információkat, úgyhogy készítsünk vacsorát, amíg várunk. –

A trió a konyha felé vette az irányt, Júlia pedig elkezdte kiszedni a zöldségeket a hűtőből.

Tizenharmadik fejezet

„Azzal, hogy szembenézünk az élet kihívásaival, elfogadhatjuk vagy pedig megváltoztathatjuk a sorsunkat." ~ Szabó Erika

~~~

Júlia felkapta a csörgő telefont, és miután egy percig hallgatta a hívót, válaszolt – Megkérdezem tőle. – Majd a kagylót eltakarva odaszólt Szófiának: – Dániel apja. Azt mondta, hogy holnap elfoglaltak lesznek, ezért meghív téged és Jaydent vacsorára ma este hétre, a holnapra tervezett ebéd helyett, és ha elfogadod, Dániel itt lesz érted hét előtt. Mit mondjak neki? –

Szófia szeme felcsillant. – Kérlek, mondd meg neki, hogy köszönöm, a meghívást, és ott leszek. Jössz, Jayden? –

– Inkább itthon maradok és Júliával vacsorázom. Biztonságban leszel Dániellel és a szüleivel, és nem akarom egyedül hagyni Júliát, amíg nem tudunk többet Améliáról és a terveiről. –

Szófia bólintott. – Rendben. Nagyszerű lesz Dániellel és a szüleivel tölteni egy kis időt. Remélem, nem változott. Nagyon szerettem, amikor gyerekek voltunk. De azért ennyire jóképű felnőttnek lenni sem árt. – Már a gondolat is mosolyra fakasztotta. – Azt hittem, megfeledkezett rólam, de nyilvánvalóan nem. –

Jayden a folyosó falán levő órára pillantott. – Mindjárt hat óra. Jobb, ha készülsz. –

Szófia felszaladt az emeletre, hogy gyorsan lezuhanyozzon.
~~~

–Nem vagy barátságban Dániel szüleivel? – kérdezte Jayden, miközben a sárgarépát hámozta. – Feltűnt, hogy téged nem hívott meg Dániel apja. –

– Nem igazán. Dániel anyja eléggé hidegen kezelte a nagymamádat és engem, miután beköltöztem ebbe a házba, mert nem voltunk, hogy is mondjam, egy hagyományos pár. –

– Milyen szomorú. Senki nem tudja befolyásolni a veleszületett genetikai és hormonális beállítottságát, ami diktálja, hogy ki iránt érez romantikus vonzódást. –

– Tudom. De ma még mindig kevesen vannak, akik ezt megértik és elfogadják. Majd talán akkor, amikor már többet tudunk a genetikáról és arról, hogy mi történik a magzattal a terhesség ideje alatt, ami ezt a változást okozhatja, vagy esetleg később, szociális faktorok játszhatnak-e szerepet az orientáció kialakulásában. –

Csendben dolgoztak a vacsora előkészítésével, mindketten saját gondolataikkal elfoglalva, amikor Jayden felkapta a fejét. – Úgy hallom, hogy egy kocsi jön felfelé a feljárón. Dánielnek kell lennie – mondta, miközben megpillantotta Szófiát a lépcsőn lefelé sétálva, és füttyentett. – Jól nézel ki, kölyök! – bökte ki mosolyogva.

– Köszönöm – mondta Szófia elpirulva.

– Jó szórakozást. Azt hallottam, hogy Dániel különösen jó szakács – mondta Júlia mosolyogva.

– Igen, az apja is mondta. Majd meglátom – Szófia nevetve kacsintott rájuk, majd kinyitotta az ajtót, és meglátták Dánielt, aki mosolyogva állt az ajtó előtt.

– Gyönyörű vagy – jegyezte meg Dániel a lányt nézve. Hódolattal teli, csodáló pillantását nehéz volt nem észrevenni.

– Köszönöm – Szófia erre a bókra is elpirult. – Te sem nézel ki rosszul. – Viszonozta, amint tekintetével tetőtől talpig végigpásztázta Dánielt.

– Örülök, hogy látlak, doktor Júlia – mondta Dániel. – Remélem élvezed a nyugdíjas éveket. Az új orvosunk nem örvend olyan népszerűségnek, mint a mi doktor Júliánk. –

Júlia jóízűen felnevetett. – Negyven év elég volt abból a népszerűségből, fiam. Most már szívesebben pátyolgatom a csirkéimet. –

– Azért mindenkinek hiányzol – mondta, míg kinyitotta a kocsiajtót Szófiának, majd Jaydenre nézett. – Szia Jayden, te nem jössz? – kérdezte.

– Ó, nem. Itthon maradok – mondta Jayden, és egy lépést hátrált. – Van néhány jegyzetem, amit át kell néznem. – Szófiához fordult. – Hívj fel, amikor készen vagy hazajönni. –

– Rendben, majd hívlak. Nem maradok túl későig – ígérte Szófia.

Rövid volt az út Dániel házáig, és a nappaliba lépve Szófiát azonnal elárasztotta a nyugodt és otthonos érzés, amit meleg színeivel és rusztikus stílusú bútoraival idézett elő. – Minden pontosan olyan, mint ahogy gyerekkorunkból emlékszem. Semmi sem változott – jegyezte meg, miközben a hívogató kanapéhoz sétált, és leült.

– Anya nem szereti a változásokat, és nagyon utálta, amikor költöznünk kellett, mert apa jobb munkát kapott az ország másik végében. Apa el akarta adni ezt a házat, de anya hallani sem akart róla, így albérletben laktunk

Pécsen. A vacsorát néhány perc múlva tálalom, csak fel kell melegítenem. Remélem, éhes vagy. –

– Mint egy farkas. A szüleid nincsenek itthon? – kérdezte Szófia.

Dániel elindult a konyha felé. – Miskolcra kellett menniük, rögtön azután, ahogy apa felhívott. –

– Ó, azt hittem, otthon lesznek. – Szófia hangja egy kis csalódottságra utalt.

– Sajnos sürgős telefonhívást kaptak, hogy gázrobbanás történt a tulajdonukban lévő lakóházban. Szerencsére senki sem sérült meg, de sok a szerkezeti kár, igy beszélniük kell a rendőrséggel, a tűzoltósággal és a biztosító képviselőjével. –

Dániel két pohárral jött vissza: – Megígérem, hogy viselkedni fogok. – Elmosolyodott, és átnyújtott egy élénkvörös, pezsgő folyadékkal töltött poharat Szófiának. – Remélem, még mindig szereted a málnaszörpöt szódával. Anya minden évben eltesz pár üveggel, mi pedig szódavízzel keverve szeretjük, mint ahogy gyerekkorunkban. –

– Ó, de jó. Azóta sem ittam ilyet – fogadta el a poharat, és élvezettel kortyolt egyet. – Finom! Nem felejtettem el az izét. –

Dániel mosolyogva bólintott, és felállt, amikor meghallotta a sütő csengését. – A vacsora kész. Menjünk az ebédlőbe. –

Szófia követte őt, és rajongó pillantásokat vetett a bútorokra, amikor beléptek az ebédlőbe. – Gyönyörű! – kiáltott fel. – Imádom a cseresznyefa bútorokat. Csodás a színük. –

– Én is imádom. A cseresznyefa bútoroknak van a leggazdagabb barnáspiros árnyalatú színe. Kérlek, foglalj helyet, hozom a vacsorát. – Dániel a konyhába menet bekapcsolta az előkészített romantikus zenét, majd hamarosan egy gőzölgő cseréptállal a kezében tért vissza, és az ízlésesen megterített asztal közepére helyezte. A porcelán étkészletre festett apró vörös rózsák kiegészítették az asztalt díszítő vázában pompázó vörös rózsa csokrot. Meggyújtotta a gyertyákat, és leült az asztal túloldalára.

Szófia belélegezte a finom aromát, miközben Dániel felemelte az edény fedelét. – Csodálatos illata van, pontosan olyan, mint a nagymamád töltött káposztájának. –

– Ez az ő receptje – árulta el Dániel. –Imádtad, amikor gyerekek voltunk. –

– Még mindig imádom. Néhányszor megpróbáltam, de feladtam. Soha nem sikerült olyan finomra, mint amit nagymamád, vagy Júlia főzött. –

– Ó, mert az ő titkos hozzávalóik a savanyú káposzta és egy kis darab füstölt sonka – vallotta be Dániel, miközben halkan nevetett.

– Ha! Szófia felhördült. – Nem csoda, hogy nem tudtam utánozni az ő ízeiket. Az általam talált receptek egyike sem említette a titkos hozzávalókat. –

– Szedhetek neked? – kérdezte Dániel, felállva, miközben felvette a tálaló kanalat.

– Igen, persze. Alig várom, hogy megkóstolhassam. – Nyelt egyet és mosolygott, amikor érezte gyomra várakozással teli egy mocorgását.

Szótlanul kanalaztak, élvezték az étel ízét, desszertként pedig édes túróval és mazsolával töltött palacsintát szolgált fel Dániel, gazdag csokoládésziruppal leöntve. Amikor befejezték, Szófia hátradőlt a székben, és jóllakottan szusszantott egyet. – Minden nagyon finom volt. Köszönöm a csodálatos vacsorát. –

– Vigyük a kávét a nappaliba – javasolta Dániel, miközben felállt.

– Először segítek lerámolni az asztalt – ajánlotta fel Szófia felállva.

– Ne aggódj amiatt – mondta Dániel, miközben Szófia keze után nyúlt. –Majd később elintézem. – Felemelte a kezét, és ajkával könnyedén megérintette a lány ujjait. – Szeretnék kiélvezni minden percet, amit veled tölthettek. Olyan régóta várok rád. –

Ahogy közel álltak egymáshoz, az ártatlan gyerekszerelem csodálatos emléke árasztotta el őket. Dániel vágyakkal teli tekintete végigsöpört Szófia arcán, akinek ettől a pillantástól megbizsergett a gerince. Dániel gyengéden átkarolta, és a romantikus zenére ringatózva táncolni kezdtek. Testük simán, harmóniában mozgott együtt, ahogy élvezték a testük közelségét és a közöttük eláradó kémiai vonzást.

–Nagyon hiányoztál – Dániel lehelte Szófia hajába. – De mégis olyan érzésem van, mintha soha nem mentél volna el, mert nem telt el egyetlen napom úgy, hogy ne gondoltam volna rád. –

Szófia a szemébe nézett, és csodálatot, vágyakozást és ugyanazt a szerető tekintetet látta a szemében, amelyet akkor olvasott ki belőle, amikor utoljára látták egymást. Felemelte az állát, és csendben közelebb hajolt. Ahogy ajkaik gyengéden összeértek, mindketten becsukták a szemüket, és élvezték a varázslatos érzést.

Amikor ajkaik elváltak, és Szófia kinyitotta a szemét, Dániel azt suttogta: – Örökké a karjaimban akarlak tartani, és soha nem engedlek el. Mindig szerettelek, és mindig is szeretni foglak. –

Szófia, akit kissé megrémített a hirtelen jött vallomás, lassan elhúzódott. Dániel kísértést érzett, hogy szorosan átölelje, de érezve Szófia habozását, leengedte a karját, és tett egy kis lépést hátra.

Nem felejtett el engem, és érzi a vonzást közöttünk, gondolta, de nem tudta, mit tegyen. *Jobb, ha lassabban mutatom ki érzéseimet, és hagyom, hogy ő vegye át a vezetést,* gondolta.

Szófia hirtelen enyhe borzongást érzett a tarkóján. Olyan érzése volt mintha valaki figyelné. Az ablakra nézett, de senkit nem látott a kivilágított udvaron. Mire odasétált a kanapéhoz, és leült, a kellemetlen érzése elmúlt. – Kérlek bocsáss meg, de újra meg kell ismernünk egymást. Már nem azok a gyerekek vagyunk, akik kilenc évvel ezelőtt voltunk. Sokat változtunk mindketten. –

– Én kérek bocsánatot azért, amiért tolakodó voltam. De mi, követelőző férfiak, másképp gondolkodunk. Mi azonnal akarunk mindent. Ugye nem haragszol? – kérdezte aggódva.

– Persze hogy nem – nyugtatta Szófia mosolyogva. – Kaphatnék inkább egy pohár málnaszörpöt a kávé helyett? –

– Természetesen. Máris hozom. –

A kanapén ülve belemerültek boldog gyerekkoruk felidézésébe, és Daniel elmesélte hogyan alakult játszótársaik élete – képzeld el, Pisti, akiről mindig azt hittük, hogy a legbutább volt a csapatban, megemberelte magát és a legjobb tanuló lett általánosban, és jogi egyetemre. Piroska pedig, aki imádott babázni veled, férjnél van és már második kisbabáját várja tizennyolc évesen. –

– Hát Pistiről nem gondoltam volna, hogy ennyire megembereli magát, szerintem okos gyerek volt ő, csak lusta volt tanulni. De Piroskán nem csodálkozom. Imádta a gyerekeket, és mindig magával hozta a kishúgát amikor átjött játszani. –

Egy kocsi hangját hallották amint befordult a feljáróra. Dániel kinézett az ablakon és kinyitotta a bejárati ajtót. – Megérkeztek a szüleim – mondta, Szófiához fordulva.

Dániel apja, egy magas, szélesvállú, markáns arcú férfi beviharzott az ajtón és széjjel sem nézve, egyenesen a konyha felé tartott. – micsoda nap volt, fiam – fújtatott. – Maradt abból a híres töltöttkáposztából? Anyád nem akart időd veszíteni azzal, hogy megálljunk egy étteremben, mert korán reggel vissza kell mennünk. –

A filigrán, kedves arcú nő belépve az ajtón férje után, észrevette Szófiát a kanapé előtt állva tanácstalan arccal. odament hozzá és megölelte. – Remélem jól telt az esték, sajnálom, hogy igy el kellette rohannunk. –

– Minden rendben van? – kérdezte Dániel anyjához lépve.

– Hát sok az anyagi kár az épületben, de szerencsére senki nem sérült meg. Azt hiszem én is bekapok pár falatot és alszunk pár órát. Apád korán akar elindulni, sok elintéznivalónk lesz holnap. Ne zavartassátok magatokat, Szófia majd lesz még alkalmunk beszélgetni. – Meg sem várva a lány válaszát, a konyha felé vette útját.

– Szófia ismét érezte az enyhe borzongást a tarkóján, ami megint gyorsan elmúlt. A konyhából edénycsörömpölés és beszélgetés zaja hallatszott. – Azt hiszem jobb, ha hívom Jaydent és gyorsan ágyba bújok. Nagyon fáradtnak érzem magam. Köszönöm a csodálatos estét és finom vacsorát. –

Dániel enyhe megbánással a hangjában válaszolt: – Nagyon szívesen, máskor is. És bocsáss meg amiért korábban kissé tolakodóan viselkedtem, nem volt szándékomban igy lerohanni téged az érzéseimmel. De annyira közel érzem magam hozzád, hogy nem tudtam türtőztetni magam. Ugye nem haragszol? – nézett a lányra nem kis félelemmel a szemében.

– Dehogyis haragszom. Boldognak, de nagyon fáradtnak érzem magam. – Felelte Szófia, és elővette telefonját.

Dániel arcán ragyogó mosoly áradt szét. – Csodálatos este volt, és remélem, hogy még alkalmam lesz több ilyen finom vacsorát főzni neked. –

Szófia visszamosolygott. – Remélem is – mondta, és lenézett telefonjára. Felhívta Jaydent, hogy jöhet érte. – Néhány perc múlva itt lesz – mondta, és felállt, de telefonja egy perccel később csörgött, és Szófia hallgatta Jayden hadaró hangját. – Sajnálom, de a Porsche két kereke lapos, és Júlia kocsijának is defektes egy kereke. Kérdezd meg Dánielt, hogy haza tudna–e hozni. –

Szófia megkérdezte Dánielt, aki azonnal mondta: –Természetesen! –

Amikor a házhoz értek, Dániel kiszállt a kocsiból, és az utas oldalra sétált, hogy kinyissa az ajtót Szófiának. Egy pillanatig csendben álltak az autó mellett. Dániel a kezéért nyúlt, és megkérdezte: – Láthatlak holnap? –

– Igen, az nagyon jó lesz. Holnap már pihentebb leszek, és ígérem nem fogok olyan sokat ásítozni, mint ma este. Hívj fel reggel. – Szófia lábujjhegyre állt és könnyű puszit nyomott Dániel arcára, majd megfordult, és elindult az ajtó felé, amelyet Jayden éppen kinyitott. Dániel álmodozó mosollyal az ajkán megérintette az arcát, és addig nézte Szófiát, amíg az ajtóhoz nem ért, majd jó éjszakát intett és beült a kocsijába.

Amint az ajtó becsukódott mögöttük, Jayden dühösen felkiáltott: – Ő volt az! Csak ő lehetett az. Kiszúrta a kerekeket a kocsikon. Csukjunk be minden ajtót és ablakot. –

Szófia olyan fáradt volt, hogy szinte fel sem fogta, amit Jayden mondott. Bebújt a paplan alá és másodperceken belül elaludt. Nem tudott arról sem, hogy Jayden és Júlia egész éjjel felváltva őrködtek fegyverrel a kezükben, minden ehetőségre készen.

Tizennegyedik fejezet

~~~

Másnap reggel Szófia korán ébredt és álmodozva ült az ágyon. *Nem változott. Ugyanaz a finom lelkű, érzékeny, szerető kisfiú, mint volt, csak férfi testben. Jóképű gyerek volt, de most... Hú, és az ajkai olyan puhák és melegek és...* gondolta. Lépéseket hallott a folyosóról, Jayden dugta be a fejét az ajtón. – Jól aludtál? –

– Mint kisnyuszi a fészekben. –

– Én nem aludtam sokat. Júlia és én felváltva őrködtünk, de szerencsére semmi sem történt. Milyen volt a vacsorád Dániellel? – kérdezte, miközben egy pirítóssal, barackdzsemmel, főtt tojással és kávéval magrakott tálcát tett az éjjeli szekrényre.

– Varázslatos volt. Dániel töltöttkáposztát főzött a nagymamája receptje szerint. Emlékszel milyen finom volt? –

– Persze. Nagyi is mindig úgy főzte! Ha nem vagy túl fáradt, elolvashatunk néhány tekercset. –

– Nem érzem magam fáradtnak, kipihentem magam – erősítette meg gyorsan Szófia, és hozzálátott a reggelihez. –Hol van Júlia? Olyan csendes a ház. –

– A konyhában van, szuflét süt – nevetett Jayden. – Amint beléptem a konyhába, mielőtt megszólaltam, hevesen integetni kezdett, hogy csendben
~~~

legyek, mert a szuflé a zajtól összeomlik. Ma nem megyek a hegyre, főleg a tegnap esti gyanús defektek után. Júlia kocsiján kicseréltem a kereket, de azt hiszem, jobb, ha a mindannyian együtt maradunk itthon. Terveztél valamit a mára Dániellel? – kérdezte.

– Nem terveztünk semmit, majd később felhív. Azt hiszem jobb, ha együtt maradnunk, amíg többet nem tudunk. Olvassunk el néhány tekercset, amíg Júlia a szufléjával van elfoglalva. –

Jayden belépett a titkos szobába, és egy maréknyi elsárgult pergamentekerccsel tért vissza. Becsukta az ajtót, letette a tekercseket Szófia ágyára, és leült az ablak melletti kényelmes, virágos huzatú székbe.

– Nézd, Jay! – kiáltott fel Szófia, miközben kibontotta az első tekercset. – Ezt Katica írta 1475–ben. Beatrix királynénak, Mátyás király második feleségének a komornája volt. –

– Nézd meg a többit is, és olvasd el a rövidebbeket. –

Szófia kihúzta a második tekercset. – Ezt László, Árpád királyunk írnoka írta 907–ben. Nem, túl hosszú – tette vissza a tekercset, és elkezdte egyenként kibontani a többit. – Ezek mind túl hosszúak, később elolvashatjuk őket. A nagymama azt írta a levelében, hogy a történet minden tekercsben alapvetően ugyanaz, mert az átok minden családot ugyanúgy érintett. Olvassuk el Katica történetét. –

– Rendben – Jay beleegyezett, és segített Szófiának, hogy a többi tekercset az éjjeliszekrény fiókjába tegye.

Megdöbbentek, amikor meghallották Júlia kiáltását a földszintről: – Jay, fent vagy? –

– Szófia szobájában vagyok – kiabált vissza Jayden.

Szófia lépteket hallott a lépcsőn és gyorsan elrejtette a tekercset a párna alá. Júlia bedugta volna a fejét az ajtón döbbenten meredt Szófiára. –Te csak... ó, Istenem! – motyogta és visszanézett a lépcsőkre.

– Mi az, mi történt? – Egyszerre kiáltottak a rémült asszonyra.

Júlia zihálva, remegő hangon válaszolt. – Átszaladtam egy percre Mártához, és amikor visszajöttem, és kinyitottam a hátsó ajtót, láttam, hogy éppen akkor léptél ki a bejárati ajtón. Nem gondoltam, hogy bármi baj lenne, amikor visszaszóltál, hogy Dániel érted jött. De nem lehettél te! Itt vagy az ágyban, pizsamában! –

Jayden szinte összezsugorodott döbbenetében. –Egész idő alatt itt voltunk! Nem hagytuk el a szobát. –

– Amélia volt – suttogta Júlia, és arca elsápadt.

– Nem ismerheti Dánielt, de tegnap este kétszer igy éreztem, hogy valaki figyel minket. Dániel egyedül van. Az apja azt mondta, hogy korán indulnak vissza Miskolcra – Szófia pánikban, remegő ujjakkal nyomkodta be Dániel számát. – Vedd fel! Kérlek, vedd fel! – kiáltotta.

Dániel felvette a második csörgésre. – Szia, Szófia – mondta. –Éppen hívni készültelek. –

– Dániel, ne beszélj, csak figyelj – könyörgött Szófia. – Be kell zárnod az ajtókat, és ne nyisd ki őket, amikor meglátsz. Csak akkor nyisd ki az ajtót, ha meglátsz engem Jaydennel, és látod a láncot a nyakamban. Ígérd meg! – kiabálta a telefonba.

– Mi a baj... Mi történik? –

– Zárd be az ajtót. Most! Majd később mindent megmagyarázunk –

– Máris zárom. Várj egy percet... Mi a fene folyik itt? Itt jössz fel a házhoz a kocsifelhajtón, de nincs a telefon a kezedben! –

– Ne nyisd ki az ajtót! – könyörgött Szófia sírva. – Nem én vagyok az. Ő az ikertestvérem, és nagyon veszélyes. Mentális betegsége van. Ne nyisd ki az ajtót. Átmegyünk Jaydennel, maradj velem a telefonon. –

– Kopogtat az ajtón – súgta Dániel a telefonba. – Ha nem hívtál volna, beengedtem volna. Tényleg a tükörképed, de várj csak, nincs rajta a nyaklánc a gyűrűvel. –

– Ne nyisd ki az ajtót, bármi is történik! – Szófia belekiabált a telefonba, és Jaydenhez fordult. – Siess, hozz fegyvereket, és menjünk át Dánielhez. Meg kell őt védenünk. –

Szófia felrántotta a melegítőnadrágját és a pólóját, belépett a tornacipőjébe, miközben Jayden berohant a titkos szobába. Júlia követte. – Hogyan találtad meg ezt a szobát? Mit fogsz tenni? – kérdezte Júlia.

Jayden nem válszolt, sietve felkapott két kardot és Szófia kezébe nyomta az egyiket. –Nincs idő magyarázkodni. Menj át Mártához. Ne maradj ebben a házban. Visszük a vadászfegyvereket is – kiáltott vissza a lépcső tetejéről.

– Rendben, megteszem, amit kérsz – Júlia lihegte, Szófia és Jayden után rohanva. – A duplacsövű puskák a kandalló fölött vannak, meg vannak töltve – kiabált utánuk.

Júlia bezárta maga mögöttük az ajtót, miközben aggódva figyelte, ahogy Jayden és Szófia beugranak az ő kocsijába, és kihajtanak az udvarból.

Arcán az aggódó, tehetetlen kifejezés egy rettenthetetlen harcos dühévé változott és a rendőrség számát tárcsázta. Megadta Dániel címét és bejelentette, hogy egy elmebeteg nő megpróbál behatolni a házba. – *Majd ők elriasztják. Gondolta. Ott biztonságban lesznek. Amélia nem akarja Dánielt bántani, nem az a sorsa. Őneki Jaydent kell elpusztítania, és ide fog visszajönni éjjel, ha azt gondolja, hogy Jayden itthon alszik. –*

Eljött az én időm – mondta hangosan. Ti nem tudtátok megmenteni a gyermekeiteket, de én meg fogom menteni az unokáitokat. Megígérem. –

***

Jayden nyaktörő sebességgel vezetett, amíg el nem érték Dániel kapuját és kiugrottak a kocsiból. – Ott van! – kiáltott fel Szófia, megpillantva a nappali ablakán bekukucskáló fiatal nőt, aki megfordult, amikor meghallotta futó lépteiket a járdán. A hasonlóság annyira megdöbbentő volt, hogy Jayden megdermedt és rábámult, de észhez tért, amikor Szófia megragadta a karját és megrázta. Karddal a kezükben rohantak Amélia felé, amikor meghallották a rendőrautó szirénájának éles hangját. Amélia felordított és a sövény felé rohant. Átugrott a bokrokon, és eltűnt a szomszéd háza mögött.

– Kövessük? – kérdezte Jayden.

– Nincs értelme. Nézd! – Szófia a szomszéd háza előtti négyirányú kereszteződésre mutatott. Talán a rendőrök megtalálják. –

– Kétlem. Mire felveszik a riportot, Amélia már árkon bokron túl lesz. –

– Nem olyan biztos – Jayden a csikorogva forduló rendőrkocsira mutatott. – Fogadom Júlia hívta őket és tudják, hogy kit kell üldözőbe venniük. –

Dániel értetlenül állt a nyitott ajtóban. – Mi történik? Megmagyaráznátok végre? –

Szófia jóváhagyásért ránézett a bátyjára. Amikor Jayden vállat vont és bólintott, Szófia Dánielhez fordult: – Menjünk be, és mindent elmondunk neked. –

Tizenötödik fejezet

„Szerendipitás. Keresel valamit, találsz valami mást, és észreveszed, hogy amit találtál, jobban megfelel az igényeidnek, mint amit kerestél."
~Lawrence Block

~~~

Dániel a nappali ablakán keresztül nézte a kert vibráló színeit, és megpróbálta megemészteni, amit hallott. Szófia és Jayden hosszú távollétének oka, a családi átok, és Amélia szándékai. – Ez halálosan komoly! – szólalt meg, ujjait tördelve. – Itt kell maradnotok. Ez a ház egy erőd, amelynek minden ajtaján és ablakán hármas zár van, és a biztonsági rendszer folyamatosan be van kapcsolva. Senki nem tud észrevétlenül bejutni ide. –

– Emlékszem, hogy mamád milyen paranoiás volt – jelentette ki Szófia. –Folyton aggódott, és kétszer is ellenőrizte az ajtókat. –

– Hazamegyünk. Rengeteg fegyverünk van ahhoz, hogy megvédjük magunkat – ellenkezett Jayden.

Dániel aggódva válaszolt: – De Amélia bejutott Júlia házába, amikor az ajtók zárva voltak, emlékszel? –

Jayden mélyen elgondolkodott állát dörzsölgetve. – Hát, talán mégis jobb, ha itt maradunk amig megtalálják Améliát. – bólintott. – Mit gondolsz erről az egész átokról meg mindenről? –

– Bármennyire is hihetetlennek tűnik, én azt hiszem, hogy minden igaz – sóhajtott Dániel, és helyet foglalt a karosszékben, szemben Szófiával, aki a kanapén ült Jayden mellett. – Sőt, biztos vagyok benne. Gondoljatok csak
~~~

bele. Minden, amiről a sámán a könyvben írt, eddig valóra vált a családotokban. Talán nincs jelentősége, de Szófia, a sámán története alapján, talán én töltöm be Zala szerepét. Igaz, hogy semmiféle mágikus képességem nincs, legalábbis tudomásom szerint, de... –

– Biztos vagy benne? Én már azon sem lepődnék meg ha farkassá változnál a szemem előtt – nevetett fel Jayden.

– A szőke vérfarkas közbelép – kacagott fel Dániel.

Szófia szigorú pillantást vetett a két férfira. – Most arról kell beszélnünk, hogy mit fogunk csinálni. Szükségünk van egy tervre. –

Dániel egy percig mélyen elgondolkodott, majd Szófiához fordult. – A logika azt súgja nekem, hogy nejed kell pusztítanod Ameliát ahhoz, hogy az átok megtörjön. De a történet azt bizonyítja, hogy egy bajnok is cselekedhet helyetted. Én leszek a bajnokod! –

Szófia mély lélegzetet vett. A felismerés úgy érte, mint egy villámcsapás. Az események örvénylésében eddig kívülállónak érezte magát, aki valaki más életét követi, mintha egy filmet nézne. Hirtelen minden a helyére került, és a velük történtek tragikus valósága és komolysága megrémisztette. – Ez túl sok! Nem hiszem, hogy képes lennék arra, hogy húgomat megöljem! –

Jayden és Dániel egymásra néztek, miközben Szófia szavait latolgatták. Amig megtudták a részleteket és összerakták az egész képet, addig még könnyű volt azt mondani, hogy Améliának meg kell halnia. De, amikor szembesültek a valósággal és azzal, hogy cselekedni kell, egy emberi élet kioltásának gondolata összeszorította a mellkasukat és a torkukat.

Dániel megfogta Szófia kezét, megköszörülte torkát, és beszélni kezdett: – Ez nagyon komoly, de készen vagyok megvédeni téged és a jövődet, bármi is történik. Nem élhettek félelemben arra várva, hogy testvéred, akinek elmegyógyintézetben lenne a helye, mikor fog újra megszökni és mit fog tenni. Jayden soha nem lesz biztonságban, amíg Amélia életben van. Attól félek, hogy ez az átok nagyon is valódi, hiszen bizonyíték van rá, hogy újra és újra megismétlődött minden generációban. Nem hagyhatjuk, hogy ez megtörténjen. –

– Nem engedhetem, hogy gyilkossá válj értünk – zokogott Szófia. –És én sem tudnék egy életet kioltani. –

– Talán ezért teljesedett be az átok ilyen sokáig, nem látod? – kiáltott fel Dániel. – Mert a családodban mindenki ugyanígy érzett. –

– Igen, lehet, hogy igazad van, ezt látom, de... mégis. –

– Megvan. Már tudom mit fogunk tenni – döntötte el Dániel. –Nem fogjuk keresni őt, de ha megpróbál ártani Jaydennek, mindent megteszünk, hogy megvédjük. –

– Zoán története szerint engem nem bántana – szólalt meg Szófia. – Én vagyok az, aki hordozza az átkot. Neki Jaydent kell elpusztítania ahhoz, hogy az átok a mi generációnkon is beteljesüljön. Ezt nem engedhetjük, hogy megtörténjen, igy Jaydennek élnie kell és Améliának meg kell halnia. – Szófia szomorúan sóhajtott, de elszántnak érezte magát. – Azt hiszem, az lesz a legjobb, ha itt maradunk ma estére, Jay. Időre van szükségünk, hogy tervet készítsünk, és talán addig megtalálják Améliát és visszaviszik az intézetbe. –

– Én is igy gondolom. A nagyi házába bármikor észrevétlenül be tud jutni, de itt nem tud majd meglepni minket. Maradjunk itt, és gondoljunk végig mindent. –

Szófia összerezzent amikor magcsörrent a telefonja. A képernyőre nézett. – Júlia – mondta és vette fel a hívást. – Mi történt? – kérdezte, majd néhány másodpercnyi hallgatás után válaszolt – Örülök, hogy a Mártánál vagy, és biztonságban vagy. Ma este Dánielnél maradunk, és holnap mindent elmagyarázunk. Igen, biztosan itt maradunk. Nem, nem megyünk haza, ígérem. – Felsóhajtott, és letette a telefont.

– Mit mondott? – kérdezte Jayden.

– Furcsa egy beszélgetés volt – mondta Szófia. –Megesketett arra, hogy itt maradunk, és nem megyünk haza. Szerinte is biztonságban vagyunk itt, és azt akarja, hogy biztonságban is maradjunk amig Améliát megtalálják. Azt mondta, hogy a hurok szorul körülötte, egyre több információ gyűlik a riadóláncon keresztül. –

A nap hátralévő részét azzal töltötték, hogy átnézzék a könyvben leírt eseményeket, Szófia és Jayden pedig felidéztek minden emléket gyermekkorukból, ami a jelen eseményekkel összefüggésben lehet. Dániel felhívta barátja apját, aki nyomozó volt, és megígérte, hogy a rendőrség óránként járőrözni fog a ház közelében, de Amélia szándékainak bizonyítása nélkül nem tehetnek sokkal többet azon felül, hogy ha megtalálják, visszavigyék az intézetbe. Miután minden lehetőséget kimerítettek, még mindig nem találtak jobb megoldást, így éjszakára a vendégszobában telepedtek le, ahol egy nagy méretű ágy volt. Szófia és

Jayden töltött puskáit és a pisztolyt, amely Dániel apjáé volt, a szekrényre helyezték egy kényelmes fotel mellé.

– Felváltva fogunk aludni – döntötte el Dániel. Én fogok őrt állni először, ti ketten próbáljatok aludni. –

Szófia becsúszott a takaró alá, és a fal felé fordult. Visszaemlékezett arra a tiszta örömre, amit előző este érzett Dániel karjaiban, és dühös lett arra a gondolatra, hogy mentálisan beteg nővére mindent elvehet tőle, mert a családi átok teljesítése a sorsa. *Nem hagyom, hogy ez megtörténjen! Nem fogok csak úgy hátradőlni és nézni, ahogy a bátyám meghal. Nem vagyok hajlandó átélni ugyanazt a fájdalmat, amit az őseim is átéltek, elveszítve a gyermekeiket.* Ezzel a gondolattal nyugtalan álomba merült.

***

Szófia kinyitotta a szemét, és ijedten ült fel az ágyban, kétségbeesetten pásztázva a szobát.

– Minden rendben van. – Hallotta Jayden hangját, és látta, hogy a széken ül, fegyverrel az ölében.

Dániel mellette feküdt az ágyon, és kinyitotta a szemét. Felült és megölelte remegő lányt.

– Hány óra van? – kérdezte Szófia.

– Hajnal három. Aludj még egy kicsit – javasolta Jayden megnyugtató hangon, de felállt, amikor könnyű lépteket hallottak a feljárón, majd kopogtatást a bejárati ajtón.

Dániel teljesen felöltözve ugrott ki az ágyból, és megragadta a puskát. Szófia ledobta a takarót, felállt, és levette az íjat és a nyilat a komódról. Az elszánt tekintetek az arcukon jelezte, hogy mindenre készen állnak.

Újabb kopogást hallottak a bejárati ajtón, miközben Dániel azt kiabálta:
– Ki az? –

– Én vagyok, Júlia. Engedj be. –

Mindhárman kimentek a nappaliba, Dániel pedig kinézett az ablakon, óvatosan visszahúzva a függönyt. – Ő az. Ez Júlia – szólt meglepett arccal.

Kinyitotta az ajtót, és Júlia besietett. Megölelte Szófiát és Jaydent, halkan zokogva. – Jól van. Minden jól van. Mindketten biztonságban vagytok. –

– Mi történt? Miért nem vagy Mártánál? – kérdezte Szófia aggódva és zavartan.

– Mindent elmondok – mondta Júlia. – Üljünk le. Hosszú történet lesz, és egy csésze kávé azt hiszem mindnyájunknak jól jönne. –

Dániel kiment a konyhába, hogy kávét főzzön, Szófia pedig a kanapéhoz segítette a reszkető asszonyt. – Remegsz. Biztos vagy benne, hogy minden rendben van? – kérdezte.

– Mindjárt jobban leszek. Kicsit kifulladtam mert gyalog kellet jönnöm, a Porsche kerekei még mindig laposak, és ti elhoztátok az én kocsimat. –

Dániel visszatért egy tálcával, és megtöltötte a csészéket. Kávéjukat kortyolgatva izgatottan várták, hogy Júlia beszélni kezdjen.

– Mindannyian biztonságban vagytok, és az átok megtört. – Júlia mondta, nagyot sóhajtva.

– Hogyan? Mi történt? – kérdezték és mindhárman Júliára szegezték tekintetüket, magyarázatot követelve.

– Sajnálom, hogy eljátszottam a buta kis öregasszonyt, de nem tudtam, mennyit tudtok, és még egy kicsit várni akartam, mielőtt mindent elmondok nektek. Hülyeség volt tőlem, tudom. De hadd kezdjem az elején. Megérdemlitek, hogy megtudjátok a teljes igazságot, és feltételezem, hogy mindent elmondtatok Dánielnek, amit tudtok, szóval hallgassátok meg amit én tudok és amit tettem. – Júlia kezdte: –Mindig úgy ismertetek, mint a nagymamátok legjobb barátnőjét, de a mi kapcsolatunk sokkal többet takart. Anikót kisgyermekkorunk óta ismertem, és a legjobb barátok voltunk. Tinédzser korunk után az egymás iránt érzett baráti szeretet érzése átalakult. Amikor a szüleink megtudták, dühösek lettek, és elválasztottak minket. Akkor nem voltunk elég bátrak ahhoz, hogy kiálljunk magunkért és egymásért. Mindketten úgy gondoltuk, hogy be kell illeszkednünk a társadalmi normákba, és engedelmeskednünk kell a szüleinknek, mert mindenki azt mondta, hogy az egymás iránti szeretetünk utálatos és Isten ellenes. Én ellen tudtam állni a szüleimnek, amikor megpróbáltak arra kényszeríteni, hogy férjhez menjek egy férfihoz, de a nagymamád beadta a derekát. Nem tudta elviselni a szívfájdalmat, hogy a közelemben éljen a férjével, és minden nap lásson engem, ezért kivándoroltak Amerikába. Eltűrte a szerelem nélküli házasságot, és rendszeresen írt nekem. Én pedig beletemetkeztem a tanulásba, és miután megszereztem az orvosi diplomát, a betegeim gyógyításába. – Felsóhajtott, és kortyolt egyet a csészéjéből.

– Ez szörnyű! Hogyan tehették ezt veletek? – Szófia felháborodva kiáltotta.

– Más idők voltak azok. Nem hibáztathatom őket. –

Jayden dühösen felkiáltott: –De tönkretették mindkettőtök életét. –

– Hát igen, de ők akkori tudásuk szerint, a legjobbat akarták nekünk. Hadd folytassam. Tudtam, hogy Anikónak van egy fia, aztán hét évvel később megszülettek az ikerlányai, nyolc évvel később pedig megszülte a kisfiát. Amikor az ikrek egyike megölte a kisöccsét, majd néhány hónappal később a bátyját, a nagymamád mély depresszióba esett. A férje elhagyta Anikót, és ő egyedül maradt egyetlen lányával, anyátokkal. Lassan összeszedte magát az őt ért csapások után, de soha nem alakult ki köztük szoros kapcsolat. Amikor anyátok tizennégy éves lett, elköltözött az apja nővéréhez, Anikó pedig hazaköltözött. Nem beszélt anyátokkal addig, amíg a tragédia bekövetkezett az átok következtében. – mondta, fejét csóválva.

Szófia átnyúlt az asztalon és együttérzéssel megszorította Júlia kezét. – Nem tudtam. Nagyon sajnálom. –

– Nincs mit sajnálnod, ez nem a te hibád, gyermekem. Anyukád praxisa nőtt, és apád is elfoglalt volt, és akkor már Améliától is féltettek benneteket, így megengedték, hogy te és Jayden velünk töltsétek a nyarakat. De megeskettek minket, hogy nem tudatjuk veletek, hogy több mint legjobb barátok vagyunk. Tudom, hogy Jayden megtalálta és elolvastátok Zoán bőrkönyvét. Miután tegnap elmentetek, megnéztem a titkos szobát, és a könyv nem volt a ládában, és láttam, hogy megtaláltátok Anikó levelét is. –

– Miért hallgattatok el mindent? – kérdezte Jayden vádlóan.

– Mert Anikó megígértette velem, hogy nem mondok el nektek semmit a temetése utánig. – Julia szomorúan mosolygott Szófiára, majd így folytatta: – Amikor Amélia tegnap betört a házba, tudtam, hogy itt az ideje, hogy megtörjön az átok. Miután mér régen elolvastam a könyvet és a tekercseket, tegnap rájöttem, hogy az a sorsom, hogy a nagymamád bajnoka legyek. A gyermekek anyjának minden generációban volt egy személy az életében, aki feltétel nélkül szerette, és megmenthette volna őket. A nők minden generációban más utat választottak, és elhagyták azt, aki a legjobban szerette őket, akárcsak a nagymamád és az anyátok. –

– Az anyánk? – kérdezte Szófia meglepetten.

– Igen. Egy fiúval nőtt fel, aki soha nem szűnt meg szeretni őt, de anyád elutasította, és bár nem szerette apádat, feleségül ment hozzá társadalmi státusza és gazdagsága miatt. Bárcsak hamarabb rájöttem volna. Mindenkit megmenthetett volna a tragédia fájdalmától. –

Szófia felállt, és csendben megölelte. Júlia hálásan megveregette a térdét, és folytatta. – Tegnap este gondoskodtam róla, hogy ti ketten itt maradjatok, és felkészültem. Feltételeztem, hogy Amélia az éjszaka közepén jön, ha azt hiszi, hogy Jay a szobájában alszik. –

Júlia kortyolt egyet a hideg kávéjából, és összeráncolta a homlokát. Dániel gyorsan felállt, és meleg kávét öntött a termosz kancsóból. Mindenki hallgatott, és aggódva várta, hogy Júlia folytassa.

Júlia ivott néhány kortyot, hálás mosolyt villantott Dánielre, és beszélni kezdett. – Tíz körül lekapcsoltam a villanyt, és összehajtottam a párnákat és a takarókat Jay ágyán, hogy úgy tűnjön, mintha ott aludna. Leültem a sarokban lévő karosszékbe, ölemben íjammal és nyílvesszőmmel, és csendben vártam. Tudtam, hogy meg tudom tenni, amit meg kell tennem. Mindig is jó voltam az íjászatban. Nem kellett sokáig várnom. Éjfél körül könnyű lépteket hallottam a lépcsőn. Amélia belopózott a szobába, mint egy árnyék, fekete ruhában. Alig láttam, mert a függönyök majdnem zárva voltak, de a kis rés elég fényt biztosított ahhoz, hogy lássam a kardot a kezében. –

Szófia, Jayden és Dániel döbbent arccal hajoltak előre, és minden szavát lesve. Szófia idegesen rágta a körmeit, a bátyja keze remegett, és Dániel átkarolta Szófia vállát.

Júlia így folytatta: – Magasra emelte a karját, és olyan erővel csapta le a kardot, hogy az átvágta a párnát és belesüllyedt a matracba. Abban a pillanatban rájött hogy az ágy üres volt. Dühében felordított, és ekkor tudtam, hogy itt az ideje, hogy cselekedjek. Habozás nélkül odakiáltottam neki, és amikor felém fordult, a mellébe lőttem a nyilat. Azonnal összeomlott. Egy rövid gurgulázó hangot hallottam, majd minden elcsendesedett. Amikor felkapcsoltam a villanyt, láttam, hogy a teste a szőnyegre omlott, a nyíllal a mellkasában, és az obszidián nyílhegy átfúrva testét, odaszegezte a padlóhoz. Vége volt. Beteljesítettem a sorsomat, és az évszázados átoknak vége lett. –

– Júlia mama! – kiáltotta Szófia. – Nagyon sajnálom, hogy keresztül kellett menned ezen. Alig hiszem el, hogy az átok megtört, és Jay biztonságban van – zokogta.

– Mit csináltál a testével? – kérdezte Jayden, szorosan átölelve a zokogó lányt.

– Otthagytam, ahol elesett. Felhívtam a rendőrséget, és elmondtam nekik, hogy lelőttem egy betolakodót. Elmondtam nekik, hogy hallottam, hogy valaki mozog a házban, és mivel a földszinten felejtettem a mobiltelefonomat, nem tudtam hívni a rendőrséget, ezért elbújtam a szobában, és íjjal a kezemben vártam. Elmondtam nekik, hogy láttam egy sötét alakot bejönni a szobába, kardját az ágyba döfte, és felsikoltott, amikor rájött, hogy az ágy üres. Aztán észrevett engem a sarokban, és karddal a kezében megtámadott. Pánikba estem, és rálőttem. Amikor felkapcsoltam a villanyt, rájöttem, hogy ő Amélia, az elhunyt társam mentálisan beteg unokája, aki megszökött az intézetből. Sajnáltak és vigasztaltak, és az egyik rendőr azt mondta, hogy tudott a Jayden élete elleni merényletről az ásatásnál, így biztos volt benne, hogy ugyanaz a nő tört be a házba, és újból megpróbálta megölni Jaydent. Aztán elvitték Amélia holttestét. –

Hosszú ideig mindannyian csendben ültek. Júlia lelkiismeretfurdalást érzett, de amikor Jaydenre nézett, majd tekintete Szófiára és Dánielre tévedt, tudta, hogy helyesen cselekedett. Nézte, ahogy egymás mellett ülnek, kézen fogva és mély szeretettel a szemükben néznek egymásra. Júlia elégedettnek érezte magát, és azt gondolta, *nekünk nem volt esélyünk hosszú, boldog életet élni együtt. De az unokáid élnek, a jövőjük biztonságban van, és egy hosszú, boldog élet áll előttük.*

Tizenhatodik fejezet

„Az igaz szerelemnek soha nincs boldog vége, mert az igaz szerelemnek nincs vége." ~Nagy Sándor

~~~

Hosszú ideig csendben ültek, gondolatok és fájdalmas érzelmek kavarogtak mindannyiukban. – Tudom, hogy igy kellett lennie, de mégis elvettem egy emberi életet! – kiáltott fel Júlia, arcát kezébe temette, miközben zokogásban tört ki.

Jayden letérdelt előtte, és gyengéden elhúzta a kezét az arcától. – Megmentetted az életemet – mondta halkan. – Emellett önvédelemből is cselekedtél. Amint észrevette, hogy üres az ágyam, vak dühében megölt volna. –

– Tudom, de bár bűnösnek érzem magam, nem változtatnék semmin. Meg kellett tenni. – Júlia szipogva bólintott. – Sajnos ő olyan betegséggel született, amely megakadályozta abban, hogy bűntudatot, empátiát vagy bármilyen más érzelmet érezzen. –

Jayden Júlia szemébe nézett, és azt mondta: –Soha nem gondoltam volna, hogy valaha is hiszek az átkokban, de el kell ismernem, hogy szörnyű átok áldozata lett, amelynek nem volt ereje ellenállni. Ő volt a nővérünk, és nem számít az átok és amit tett, megfelelő temetést adunk neki. –

Szófia megtörölte a szemét, és Dániel vállára támaszkodott. – Igen, igazad van. A testvérünk volt, bármi is történt. Fel kell hívnunk apát. De mennyit mondjunk el neki, Jay? –
~~~

Jayden felállt és járkálni kezdett. Júlia felnézett. – Amennyire én tudom, ő nem tud az átokról. –

Szófia egy ideig mélyen elgondolkodott, és azt mondta a bátyjának: – Apa tudja, hogy Amélia megszökött az intézetből, és tudja, milyen veszélyes volt, azt hiszem, elmondhatjuk neki, hogy egy barátunknál voltunk, amikor Amélia betört a nagymama házába, és megtámadta Júlia nénit. Ő azt hitte, hogy Amélia betörő, és lelőtte. –

– Igen, ez elég lesz. – Jayden beleegyezett.

Szófia bólintott és hozzátette. – Fel kell hívnod, Jay, és meg kell kérdezned tőle, hol akarja eltemetni, és kérdezd meg tőle, hogy el akar–e jönni a nagymama temetésére. –

– Nem akarsz beszélni vele? – kérdezte Jayden.

–Nem. – Jött Szófia rövid, határozott válasza.

– Rendben – mondta Jayden, és elővette a telefonját a zsebéből. – Tegyük túl magunkat rajta. –

– Főznöm kell valamit – állt fel Júlia. – A főzés megnyugtatja az idegeimet, és segít az elmémnek rendezni a dolgokat. Hazamegyek. –

– Miért nem főzöl itt ebédet? – kérdezte Dániel. – Segítünk, és később mindannyian átmehetünk kitakarítani Jayden szobáját. –

– Jó ötlet – mondta Szófia, megfogva Dániel kezét. – Menjünk a konyhába, amíg Jayden apával beszél.

Kimentek a konyhába, Jayden pedig leült a kanapéra, hogy felhívja az apját.

Júlia végigpásztázta a hűtőszekrényt és a kamra polcait. – Minden megvan hozzá, főzzünk csirke parmezánt – mondta Dánielnek.

– Jól hangzik, mond meg, miben tudnánk segíteni. –

A trió rövid ideig csendben dolgozott, amikor Jayden csatlakozott hozzájuk, és tájékoztatta őket az apjával folytatott beszélgetésről. – Apa azt akarja, hogy Ameliát itt temessék el, és nem jön el a nagymama temetésére sem – jelentette ki keserűséggel a hangjában. – Azt mondta, hogy anyának volt egy újabb összeomlása, majdnem megölte őt álmában, és nem bírja tovább. Anya orvosaival és egy ügyvéddel azon dolgozik, hogy veszélyesen instabilnak nyilvánítsák, és folyamatban van, hogy hosszú távú intézetbe helyezzék. –

Szófia zokogva borult bátyja nyakába. – Talán ez lesz a legjobb mindannyiunknak. –

***

Másnap Szófia és Jayden gondoskodtak Amélia hamvasztási és temetési terveinek hivatalos részéről, miután a rendőrség befejezte a nyomozást és elengedte a holttestet. Később elindultak a hegyre Dániellel, hogy megnézzék az őseik maradványait. – Tudom, hogy erőltetettnek hangzik, de lehet, hogy Elána van abban a sírban? – kérdezte Szófia.

Jayden gyorsan válaszolt: –Majdnem biztos vagyok benne, hogy ő az, de a tesztek elvégzése után biztosan megtudjuk. –

Miután leparkolták a kocsit, felgyalogoltak az ásatás helyére. Helen kezet rázott velük, és izgatottan jelentette be: – Körülbelül egy hónap múlva befejezzük a feltárást. Gyertek, nézzétek meg. – A gödörhöz érve elküldte a diákokat, hogy tartsanak szünetet, és mind a négyen leereszkedtek a létrán.

Mély tiszteletet érezve álltak az ősi csontváz körül, amikor Helen megtörte a csendet. –Jayden, állj meg a laborban, és kérd meg Kamillát, hogy vegyen tőled DNS–mintát – utasította, és Szófiához fordult. – És szeretném, ha te is adnál egy mintát. Remélem, találunk a csontvázban használható DNS–t a szekvencia elvégzéséhez. El tudjátok képzelni, micsoda felfedezés egy fontos lelet lehetséges élő leszármazottjainak megtalálása? –

Jayden rémült pillantást vetett Helenre, és felkiáltott: – Nem! Egyáltalán nem! Nem fogom hagyni, hogy a média cirkuszi majmokként parádézzon minket. Datálhatod a maradványokat, de minket hagyj ki belőle. Ő egy hun füvesasszony volt az 5. században. Ez minden. –

– De...– Helen csalódott arccal próbált tiltakozni. – Ez nem igazságos. Beszélni fogok erről az ügyvédekkel. –

– Rendben – dörmögte Jayden határozott hangja. – De ne feledd, hogy ha kényszerítenének minket a DNS–teszt elvégzésére, és ha bebizonyosodik, hogy rokonunk, nem adnánk engedélyt arra, hogy kiállítsák a maradványait egy múzeumban, és mi egy hun temetést adnánk neki. –

Helen elgondolkodott és mivel semmiképpen sem akarta elveszíteni élete legnagyobb leletét, keserű szájízzel bólintott. – Rendben, azt csinálunk, amit akarsz. –

– Még egy dolog – mondta Jayden. A jáde gyűrűn a családi címerem van, és DNS–teszt nélkül egyelőre ez lenne az egyetlen kötődés a családomhoz. Azt a gyűrűt akarom. –

Helen felsóhajtott. – Oké, a sátorban van. Neked adom, de ha meggondolod magad... –

– Nem fogom megváltoztatni a döntésemet. Nem leszek médiamajom, és a húgom sem. Normális, csendes életet akarunk élni. –

***

Szombat este a fél város összegyűlt a folyópart északi oldalán. A kerek, vastag papírtálcát, amelyen Anikó hamvait helyezték egy virágágyra helyezett agyagurnában, előkészítették a szertartásra. A víz finoman ringatta a tálcát, és halk zene szólt az asztal melletti CD–lejátszóból, ahová Anikó fényképét helyezte el a temetkezési vállalkozó.

Az emberek odamentek az asztalhoz, megérintették a képet végső búcsút mondva, és aláírták az emlékkönyvet. Aztán kimentek a folyó partjára, és mindegyikük egy–egy sárga rózsát, Anikó kedvenc virágát, helyezte el a vízben, közel az agyagurnával ellátott tálcához.

Az ősi hagyományt követve az emberek néhány búcsúszót mondtak. Mire mindenki lerótta tiszteletét, a nap már lenyugodni készült. Júlia megérintette a tálcát, miközben a tárogató hangja felsirt.

– Viszlát, Anikó. Hamarosan újra találkozunk – suttogta Júlia, miközben gyengéden megtolta a tálcát a vizen. – Az unokáidnak egészen más sorsa lesz. A jövőjük biztonságban van, és nem kell többé félniük a rettegett átoktól. –

Júlia felállt, és szorosan magához ölelte Szófiát és Jaydent. Figyelték, ahogy a papírtálca átázik és lassan elmerül a vízben.

***

A következő hetekben mindenki mindent megtett, hogy a lehető legnormálisabb életet élje. Jayden újra csatlakozott a régészeti csoporthoz, és estéit Kamillával töltötte. Szófia és Dániel minden olyan helyet meglátogattak, ahol együtt játszottak gyerekkorukban, és boldog emlékeket éltek át.

Egy este, miután Júlia főzött nekik egy ízletes vacsorát, Szófia szobájában pihentek zenét hallgatva. Dániel átölelte Szófiát, és puha ajkaival könnyedén megérintette a lány nyakát, és azt suttogta: – Úgy érzem, mintha az elmúlt kilenc év soha nem történt volna meg, és mindig is együtt lettünk volna. –

Szófia kissé visszahúzódott, a szemébe nézett, és csodálatot, vágyakozást és ugyanazt a szeretetteljes pillantást látta, mint amikor még csak fiatal tinédzserek voltak. Felemelte a fejét, és ajkaik összeértek. Szemüket lezárva élvezték a varázslatos érzést.

Amikor ajkaik elváltak, és Szófia kinyitotta a szemét, Dániel azt suttogta: – Olyan érzés, mintha öreg lelkek lennénk, akiknek az a sorsuk, hogy találkozzanak és szeressék egymást minden életben, amibe újjászületnek. Szeretlek, Szófia, mindig is szerettelek. –

Szófia elmosolyodott, és arra gondolt, hogy talán ők Elána és Zala újjászületett életükben. Barátok gyermekkoruk óta és remélhetőleg, partnerek az életre. – Én is szeretlek, Dániel – mondta gondolkodás nélkül, mintha a szavak mindig ott lettek volna, és csak arra vártak, hogy kimondják őket.

Dániel odahajolt, puha ujjaival megsimogatta az arcát, és mélyen megcsókolta. Szenvedélyük lángra lobbant, és testük szinte elviselhetetlen vágyakozással reagált. Nem éreztek tétovázást vagy visszatartást.

Dániel fantáziái semmit sem jelentettek a tényleges pillanathoz képest. Óvatosan lehúzta a lány blúzát és kibújt az ingéből, miközben elhalványította a lámpa fényét, és lerúgta a farmerját. Szófia hátradőlt és haja sötét hullámokban terjedt szét a párnán. Felnézett Dániel szemébe. Dániel egyszerre akarta megérinteni és megcsókolni minden testrészét. Szófia elmosolyodott, és mindkét karjával felnyúlt. A bőre sima volt, mint a lágy selyem, és Dániel érezte, hogy libabőrös lesz a bőre, ahogy simogatta a karját és a hasát. Szófia érzékeny ujjaival fésülte a haját, ami Dániel testét elragadtatott őrületbe kergette.

Csókjuk édes és érzéki volt, ahogy Dániel ajkai végigjárták az arcát és a nyakát, és a fülébe súgta, hogy szereti őt. Borzongás futott át a lányon, és simogatta a férfi vállát és a hátát. Szeretkeztek. Természetes és gyönyörű volt, ahogy testük és lelkük tökéletes harmóniában kapcsolódott össze és egyesült, majd elaludtak egymás karjaiban.

Epilógus

Szófia és Jayden Magyarországon telepedtek le, és amikor Szófia és Dániel elsőévesek voltak az orvosi egyetemen, Júlia csatlakozott szeretett Anikójához a túlvilágon.

Jayden és Kamilla nem sokkal később összeházasodtak, és hét évvel később a család összegyűlt a kórházi szobában, üdvözölve ötödik lányukat.

– A következő fiú lesz, érzem – mondta Jayden a feleségének, és csókot nyomott a homlokára.

– Álmaidban, galambom! Ez a kemence bezárt – nevetett Kamilla.

Szófia és Dániel befejezték rezidenciájukat, és családi rendelőt nyitottak a városban. Első fiuk, Attila, egy évvel később érkezett, hét évvel később pedig ikerlányaik, Kara és Mara jöttek a világra. Amikor az ikrek nyolcévesek voltak, megszületett a kisöccsük, Zala. Gyermekeik boldogan és egészségesen nőttek fel.

Az ősi családi átok végre megszűnt.

Vége

Keserédes emlékek

Erika M Szabo

Első fejezet

Téliszünet

A New York-i Egyetem Orvostudományi Kara épületének folyosóit több száz diák izgatott, zajos fecsegése töltötte be, akiket a téli vakáció várva várt elérkezése lázba hozott. Többségük már az utazótáskát is hozta magával reggel, készen a külföldi államokba való repülésre, autózásra, vagy vonatozásra különböző államokba. A karácsony a boldog családlátogatás idejét jelentette többségük számára. Elenának nem volt kit látogatnia, nem volt többé családja.

Ashley ellágyulva figyelte Elena szomorkás arcát és finoman megérintette a karját. – Minden rendben, Elena? Nem úgy nézel ki mintha derűs karácsonyi hangulatban lennél. –

Elena ajkai halvány, kényszeredett mosolyba görbültek. – Jól vagyok, ne aggódj. Csak fáradtnak érzem magam a vizsgákra készülődéstől. Nem aludtam eleget hetek óta. Érezd jól magad otthon, és látlak a karácsonyi szünet után, rendben? – A két lány megölelte egymást és mindketten beleolvadtak a tanulók áramlatába.

Elena már majdnem a csapóajtónál volt, amikor meghallotta Ashley hangját, aki a nevét kiáltotta a folyosó másik végéről. – Elfelejtettem boldog karácsonyt kívánni! – Elena csak szomorkásan elmosolyodott és integetett amig Ashley eltűnt a sarok mögött.

Az éles hideg szél megborzongatta amikor kilépett az ajtón, igy elvetette a gyaloglás gondolatát és intett egy lassító taxinak. Beült a hátsó ülésre és bemondta a sofőrnek a Manhattani lakásának a címét. Az arab férfi csak bólintott és a volánon tekert egyet hirtelen rántással, majd besorolt a forgalomba, nem kis bosszankodására az autósoknak, akinek meg kellett fékezniük amikor a taxi eléjük vágott. A taxisofőr rá sem rántott a dühös dudálásra, és rekedtes, itt ott elbicsakló hangon énekelni kezdett a rádióból szinte üvöltő arab zenével paralelen, de sikertelenül tartva a dallamot és az ütemet. Elena megpróbálta a sapkáját fülére húzni, hogy valamennyire kiszűrje a dobhártya repesztő hangokat, azonban ez kevés sikerrel járt. *Ha ilyen borzalmas hangom lenne, én nem mernék nyilvános énekelni, az egyszer biztos,* Elena gondolta magában mosolyogva, ahogy nézte az egyre sűrűbben hulló hópelyheket a taxi homályosodó ablakán keresztül. A látvány megnyitotta lelkében a fájdalmas emlékek áradatát.

A karácsony egy keserédes ünnep volt Elena számára az elmúlt években. Bár egy pár jó emlék is csatolódott régen elmúlt karácsonyokhoz, a legtöbb emlék olyan volt, amit szívesen elfelejtett volna.

Második fejezet

Huszonkét évvel korábban

A viharos, hideg Szentestén, egy fiatal nő kábultan vánszorgott a borzongató hideg szélben, New York belvárosának utcáin, egy összegöngyölt rongycsomagot szorítva a melléhez. Patakzó könnyei ráfagytak szél csípte arcára, mint apró, csillogó üveggyöngyök. A nő céltalanul, imbolyogva csoszogott a hólepte járdán, túlméretezett férfi csizmával a lábain, és jobb időket látott kabátba és vastag sálba burkolódzva.

A siető járókelők gyorsan elfordítottak tekintetüket, legtöbbjük nem azért, mert megvetették az ezrével menedéket kereső hajléktalan embereket, hanem azért, mert mély sajnálatot éreztek a sors által elfelejtettek iránt és tehetetlennek érezték magukat mert nem tudtak rajtuk segíteni.

A fiatal nő már nem érezte lábujjait, csak automatikusan, fásultan csúsztatta egyik lábát a másik után a kásás, latyakos hóban, amíg a félhomályban meglátta a bazilika kivilágított ablakait a hófüggönyön keresztül. Lassan megközelítette a lépcsőket és megállt.

– Bocsáss meg kicsikém– zokogott a fiatal nő, enyhén ringatva a rongyköteget a karjaiban. – Jobb életed lesz neked nélkülem. Én már... – Hangja elfulladt a mellét szorító zokogástól.

Lassan, letérdelt, és a köteg rongyot óvatosan letette bazilika legalsó, szélvédett lépcsőjére. Remegő, erőtlen lábakon elindult és hamarosan eltűnt a sűrűn hulló hó nedves függönye mögött.

***

Éjfél körül egy közeli étterem parkolójában, egy végzetes adag kábítószertől, a fiatal nő és élettársa megszabadultak kilátástalan életüktől.

***

Pár perccel később a bazilika papja lépett ki az ajtón. – Jóságos ég, de hideg van! – Morgolódott a magas, középkorú férfi az orra alatt, miközben meleg sálját az arcára húzta kabátjának gallérja alól. Csontos kezeit hosszú kabátja zsebébe csúsztatta, és egy pillanatra áhítattal felnézett a mögötte tornyosodó épületre. A tornyok meleg, invitáló fényt árasztó ablakaikkal magasztos látványt nyújtottak.

Brown atya fejében megfordult a gondolat, hogy visszaforduljon, de aztán gyorsan elszégyellte magát. *Megijedsz egy kis hidegtől és a kényelmet választod amikor a hajléktalan emberek az utcán kénytelenek aludni éhesen?* Korholta magát gondolatban és elindult a buszmegálló felé.

Minden karácsonykor az ő feladata volt az ünnepi vacsora előkészítésének irányítása a menedékhelyen. Miután családja nem volt, a rászorulók segítése örömmel töltötte el szívét. Ha nem lett volna lehetősége jótékonykodással eltölteni estéit, régi, százszor látott karácsonyi filmeket nézhetett volna matuzsálem korú fekete fehér televízióján, ami nem egy kecsegtető szórakozásnak ígérkezett.

A szerencsétlen lelkek szolgálata és segítése magasztosabb időtöltésnek számított, és a mosoly az arcukon örömmel töltötte el lelkét. A sütőben sistergő pulyka és édes krumpli pite hívogató illata becsalogatta azokat a hajléktalanokat is, akik amúgy nem szívesen töltöttek időt a zsúfolt menedékhelyen.

Brown atya kihúzta a kezét a kabátja zsebéből és rápillantott ütöttkopott karórájára. *Húha, de későre jár.* Gondolta. *Ha el akarom kapni a késői buszt és nem akarok egy órát gyalogolni, jobban járok, ha sietek.*

Sietve, csúszkálva botladozott le a templom lépcsőin és a legalsó lépcsőn lába valami puha csomagba ütközött. Ijedten lenézett, és meglátta a köteg rongyot az alsó lépcsőn. *Nahát! Még ide is eldobálnak szemetet. Majd visszafele felveszem és bedobom a kukába.* Gondolta megbotránkozva, amikor a rongycsomóból jövő nyikkanó hang megfagyasztotta gondolatait. *Mi lehet? Csak nem kismacskát dobott ki megint valaki? Némelyik ember kegyetlensége határtalan.* Morgolódott magában, és lehajolt, hogy szemügyre vegye a rongykupacot.

– Drága jóistenem! – kiáltott fel meglepetésében, amikor a csomag megmozdult ahogy megérintette, és a nyivákoló hangok felerősödtek. A legrosszabbtól tartva óvatosan felemelte a csomagot, és mellére szorítva felsietett a lépcsőkön, hogy minél előbb az ajtón belül lehessen.

A legközelebbi padot elérve óvatosan letette a csomagot és remegő ujjakkal bontogatta, miközben egy imát suttogott. A színes ólomablakokon beszivárgó telihold és a gyertyák fénye elég világosságot adott ahhoz, hogy lássa miféle élőlény lehet a csomagban. – Jézusom segíts meg. Ez egy újszülött gyermek! – Brown atya megrendülve suttogta, amikor belenézett a csomagba.

Még egy réteget lefejtve szemügyre vette a gyermek sírástól ráncokba gyűrődő kis arcát és sötét, pihés haját, amire száraz vér tapadt. A gyermek mozgolódott, kihúzta kékes színben játszó karját a rongyok alól és szemét rászegezve a papra erőteljesebben felsirt.

– Szentséges Szűzanya! – Brown Atya keresztet vetve magára, és a gyermeket nézve felzokogott. Bebugyolálta a gyermeket, majd kigombolva kabátját a melléhez szorította a rongycsomót. Gyorsan előkotorta zsebéből a telefonját és a mentőket tárcsázta. – Kérem küldjön egy mentőt azonnal a Szent Patrick Katedrálisba. Valaki a lépcsőkön hagyott egy újszülöttet. Kérem siessenek! El van kékülve a hidegtől, de életben van. –

Az ügyeletes megígérte, hogy azonnal küldi a mentőt, ami inkubátorral van felszerelve. Brown Atya visszatette telefonját a zsebébe és a gyermeket melléhez szorítva suttogott. – A jó Isten majd vigyáz rád. –

A mentő megérkezett az egyházhoz pár perccel később, és az újszülöttel azonnal rohantak a helyi kórházba. A baba nagyon rossz állapotban volt. Szívverése lassú, hőmérséklete alacsony, és légzése kapkodó, felületes volt.

***

Mivel nem tudták megtalálni a gyermek szüleit, megkeresték a gyermekmentő szolgálatot, hogy ha majd jobb állapotba kerül a kislány, akkor nevelőszülőkhöz adják.

Az orvosok és az ápolónők kitartásának köszönhetően sikerült legyőzniük a számtalan fertőzést és a terhesség alatti droghasználat miatt kialakult függőséget, melyet még az anyaméhben szerzett. Lassan, de felépült a gyermek. Az ápolónők odavoltak a kisbabáért, sokszor vették a karjaikba és rengeteget cirógatták, már amennyire a zsúfolt beosztásuk engedte. A kórházi szabályzat szerint csak Gyermek Lány és egy hat jegyű szám volt a neve, de az ápolónők elnevezték Elenának.

Harmadik fejezet

Tizenkét évvel korábban

Röviddel több mint három hónap kitartó ápolás után valamennyire helyreállt a csecsemő állapota, és a szociális gondozó hivatalos nevet adott neki: Elena Smith.

A kicsi teste ugyan legyőzte az anyaméhben szerzett drogfüggőségét, viszont az immunrendszere nagyon gyenge volt. Nem tudta a különböző fertőzéseket kivédeni és legyőzni antibiotikumok és kiegészítő kezelések nélkül. Mivel senki nem akart egy beteg gyermeket örökbe fogadni, és a legtöbb nevelőszülő nem volna tudta biztosítani azt a sok törődést, amit ő igényelt volna, életének első két évét kórházakban töltötte, majd a következő nyolc évet a nevelőrendszerben töltötte, egyik otthonból a másikba költözve.

Elena hozzászokott ehhez a vándorélethez, mert nem volt más választása. Annyi időt töltött már el az örökbefogadói rendszerben, hogy hozzászokott ahhoz, hogy pár havonta mindig új helyen kell aludnia. Új szobák, új családok. Rövid élete során folyton ugyanaz ismétlődött, összetört remények és eltitkolt csalódások. Egyik család sem volt rossz, ahova Elena került, ő maga sem volt rossz gyerek, csak nem alakultak ki érzelmi kötődések az otthonokban, ahova került, vagy váratlan szerencsétlen körülmények miatt mindig tovább kellett állnia.

Ahogy telt az idő és Elena egyre idősebb lett, annak az esélye, hogy szerető nevelőszülőkhöz kerüljön, egyre távolibbnak tűnt. A legtöbb házaspár csak újszülötteket, vagy pár hónapos kisgyermekeket akart örökbe befogadni.

Amikor tíz éves lett, új nevelőszülőkhöz került, a Whelk házaspárhoz. Gondoskodó és szeretetteljes emberek voltak, akik már sok gyermekkel osztották meg otthonukat. Az idős házaspár, akiknek a szeretete nem ismert határokat, hosszú évekig próbálkozott, hogy saját gyermekük legyen, ám a sikertelenség miatt feladták és úgy döntöttek, hogy a nem kívánt és szerencsétlen körülményű gyermekeknek fognak segíteni.

– Üdvözlünk az otthonunkban, Elena. – mondta, majd átölelte Mrs. Whelk a kicsi lányt, akit nemrég tettek ki a belvárosi lakásuk előtt egyetlen bőrönddel, amiben néhány holmija volt. Az árva gyermekek gyakran költöztek új otthonokba, ezért praktikusabb volt, ha csak néhány fontos dolog legyen a csomagjukban, amit sajátjuknak mondhattak.

Mr. Whelk mellettük állt és meleg mosoly játszott ráncos arcán miközben őket figyelte. – Nagyon örülünk, hogy velünk fogsz élni. – mondta, miközben finoman jelezte feleségének, hogy adjon egy kis teret a kislánynak. – Kérlek, érezd magad otthon. A szobád az első ajtó jobbra a folyosón. Hat órakor van vacsora. –

Elena kierőltetett magából egy mosolyt, hogy ne tűnjön gorombának, majd óvatosan lecipelte a bőröndjét a szobájába.

Egy szerény méretű szobába toppant be; egy keskeny ágy kényelmesnek tűnő matraccal és egy rózsafából készült komód volt a fal mellett. Az ágyon számtalan vadonatúj párna és takaró díszelgett. Elena már ismerte az ilyen szobákat, hisz már rengeteg családnál megfordult. Tudta, hogy csak látogatóként van itt—akárcsak egy átmeneti vendég. A Whelk házaspár kedvesnek tűnt, de a többi is annak látszott, akik idővel mind tovább passzolták. Elena fogta a bőröndjét, rátette az ágyra és elkezdett kipakolni.

– Szia, hogy vagy? – hirtelen egy fiatal fiú hangja hallatszott az ajtóból. Elena ijedten megfordult. Vele egykorúnak nézett ki a fiú, talán egy kicsit idősebbnek. A vékony arcocskája és rövid barna haja azt az érzést keltette benne, hogy már valahol látta őt korábban. Emiatt a felismerés miatt Elena kicsit leblokkolt, ami ahhoz vezetett, hogy nem tudott válaszolni. A fiú nekitámaszkodott az ajtókeretnek és Elenára mosolygott, miközben türelmesen várt a válaszára.

– Jól vagyok. – Elena végre ki tudta nyögni miután megköszörülte a torkát.

Megérezve szégyenlősségét, a fiú beljebb lépett az ajtón és kezet nyújtott Elenának. – Az én nevem Luka. Téged, hogy hívnak? –

Elena kicsit tétovázva, de gyengéden megrázta Luka kezét, miközben a fiú sötétkék szemeit figyelte érdeklődéssel. Hirtelen melegség járta át, olyat érzett, mint amit soha korábban, mintha pillangók lennének a hasában. De az árva gyermek elnyomta az érzéseit. A legkevésbé sem akarta azt megengedni, hogy közel kerüljön valakihez, akit valószínű, hogy soha többé nem fog látni. Nehéz döntés volt, de egy szükséges védelmi mechanizmus melyet már sokszor használt a rövid, de annál kiszámíthatatlanabb élete során.

Miután kioltotta magában a kapcsolódás vágyát, visszahúzta a kezét. – Elena, – ezt feszült csend követte, amíg Elena váratlanul megkérdezte, – Szóval… te lennél a Whelk házaspár fia? –

Luka felnevetett, – Á, én is csak egy gyerek vagyok a rendszerben. Már egy pár hónapja itt élek. – Ezt egy mosollyal erősítette meg, hogy biztosítsa Elenát, rá számíthat. – A Whelk házaspár nagyon kedves, csak tarts be a szabályaikat. Ne okozz semmi galibát, és minden rendben lesz. Az előző gyerek, aki itt lakott, eléggé különc volt. Sőt nagyon furcsa szokásai voltak. –

Elena kicsit idegesen nevetett, mivel nem tudta, hogy Luka az igazat mondja-e. – Talán valami elmebaja volt? –

Luka vállat vont. – Hát, én is úgy gondolom, de Mr. Whelk nem akart róla beszélni miután elvitték. Sajnáltam a fiút, mert nagyon kiborult, ha valaki vagy valami hozzáért. Még akkor is hisztizni kezdett, amikor a hús közel volt a zöldséghez a tányérján. Ideje nagy részében csak az ágyán hintázott, miközben magában mormogott. A Whelkék mindent megtettek érte, de amikor megütötte Mrs. Whelket, akkor azonnal a kórházba küldték. Mr. Whelk azt mondta, hogy most egy speciális otthonban él. –

Elena tudta miről van szó; számos mentális betegséggel vagy érzelmi problémákkal küszködő gyermekkel találkozott a rendszeren belül. Azzal a tudattal felnőni, hogy azok, akiknek őket feltételek nélkül szeretniük kellet volna, eldobták őket, nagyon megviselte a legtöbb gyermeket. Az olyanok, mint Elena, sikeresen létrehoztak egy túlélési mechanizmust, mely során magukba zárkózva elválasztották magukat az igazságtól; néhányuknak ez azonban ez nem sikerül. A valóság, az, hogy senki nem törődik velük, mindig újra és újra megrázza a lelki világukat, amikor újabb nevelőszülőkhöz kerültek.

– Ne aggódj, én nem szoktam gondot okozni, – mondta Elena, majd rakoncátlan, sötét hajának egyik tincsét arrébb simította a szeme elől, miközben Lukára nézett. Gyermeki csodálattal néztek egymásra néhány pillanatig, anélkül, hogy megszólaltak volna. Ezt a csendet és varázslatos pillanatot, Mrs. Whelk visszhangzó hangja törte meg.

– Gyerekek, kész a vacsora! –

Luka kihajolt az ajtón és visszakiabált, – Jövünk Mrs. Whelk! – Mielőtt kilépett volna az ajtón, Luka hátrafordult és biztatóan bólintott. – Szerintem minden rendben lesz veled. Kemény gyereknek tűnsz, és nem látszol túl érzékenynek sem. –

Amint Luka távolodásával lépései egyre halkabbak lettek, majd teljesen elcsöndesültek, Elena felsóhajtott. Életében először úgy érezte, hogy valakiben megbízhat.

Negyedik fejezet

Tíz évvel korábban

Elena és Luka már két boldog évet töltött el a Whelk házaspár otthonában, akik szigorú, de odaadó és szeretettel teli szülők voltak. Mindkét gyermektől elvárták, hogy reggelente bevessék az ágyukat és kitakarítsák a szobájukat. Az iskola végeztével kivitték a szemetet, majd a vacsora után leszedték az asztalt és elmosogattak. Emellett még azt is megkövetelték, hogy jó jegyeket szerezzenek az iskolában, amit mindketten könnyedén megtettek. Mr. és Mrs. Whelk úgy bánt a két gyermekkel, mintha a sajátjaik lennének, sosem hozták őket olyan helyzetbe, hogy máshogy érezzék magukat. Elena soha nem tapasztalt ekkora stabilitást — ilyen erős érzelmi támogatást, nem csak szerető szülőkre lelt, hanem a legjobb barátjára is. Végre minden jóra fordult.

Miután Elena és Luka nagyjából két éve éltek abban a házban, amely stabilitást és biztonságérzetet nyújtott mindkettőjüknek, elkezdték a nevelőszülőiket Apának és Anyának szólítani. Habár mindketten úgy tettek mintha nem szeretnék nevelőszülőik rajongását, a szívük mélyén élvezték a házaspárból rájuk sugárzó szeretetet.

***

Csak egy évvel volt idősebb Elenánál Luka, aki egy alkoholista bányász és egy háztartásbeli anya gyermekeként született. Szinte természetes volt, hogy az apja részegen jött haza a kocsmából, ahogy ezt tette minden este, miután lejárt a műszakja a bányában. Luka apja részegen mindig goromba volt és könnyedén megtalálta az okát, hogy miért verje meg a feleségét. Az ok bármi lehetett. Ha túl forró volt a leves, azért ordított és ütötte meg feleségét, ha nem volt elég meleg, akkor azért. A felgyülemlett frusztráltságát és haragját a feleségén vezette le, mint ahogy azt az apjától és a nagyapjától tanulta.

Luka anyja egy vékony alkatú nő volt, aki alázatosan és megadóan tűrte a folytonos verést és megalázást. Sosem beszélt a sérüléseiről, melyeket mindig eltakart. Megvolt az esélye, hogy elmeneküljön, vagy rendőrséget hívjon a goromba fráterre, de sosem tette meg. Luka anyját abban a tudatban nevelték, hogy az asszony sorsa az, hogy bármi módon összetartsa a családot mivel a válás az bűn, és a gyermeknek szüksége van az apjára. A családnak egyben kell maradnia, az már nem számít hogyan.

Luka apja egyszer túl messze ment az alkohol által fűtött dührohamában, és egy nyirkos júliusi estén, miután hazaért a tíz órás műszakjának befejeztével, úgy megverte feleségét, hogy annak betört a koponyája, ami súlyos agyvérzést eredményezett. Hiába végeztek rajta azonnali műtétet, az asszony még aznap este belehalt a sérüléseibe. Luka apját másnap letartóztatták munka közben, és emberölés vádjával börtönbe vetették a tárgyalás időpontjáig. A tárgyaláson azt állította, hogy nem szándékozta megölni a feleségét, kétségbe esetten könyörgött, hogy elnyerje a bíróság szimpátiáját. A szánalmas védekezése nem volt elég. Az esküdtszéknek kevesebb mint tíz perc kellett, hogy bűnösnek találja.

– Ő volt az oka! Én sose akartam bántani. De mindig annyira feldühített, hogy nem tudtam türtőztetni magamat, – ezek voltak az utolsó szavai, halott feleségét hibáztatva, mielőtt kivezették a tárgyaló teremből.

Mivel nem volt rokona, aki befogadná, a rendszer Lukának is adott egy sorszámot. Túl fiatal volt még amikor az anyja meghalt; ezért csak halvány töredékek maradtak meg emlékezetében. Évekkel később tudta meg az egyik nevelőszülőjétől, hogy mi történt, de sosem beszélt erről senkinek.

Egészen addig, amíg nem találkozott Elenával.

***

Elválaszthatatlan barátok lettek és mindent elmeséltek egymásnak. Még az iskolában is csak egymással beszélgettek, elkülönülve osztálytársaiktól, akik nem is nagyon akartak barátkozni a *rendszerben* levő gyerekekkel. A múltban történt esetek miatt nagyon szoros kötelék alakult ki köztük, melyet a családban élő gyerekek nem tudtak megérteni.

A kedvenc helyük a Whelk pár New York állam északi vadregényes tájain elterülő nyaralója volt, távol a zajos és szmoggal teli várostól. A Whelkék évente legalább ötször ellátogattak a Brayton-i faházukba, hogy halásszanak és vadásszanak a gyerekekkel együtt. Néha, Mrs. Whelk, aki krónikus térd és hát fájdalmaktól szenvedett, otthon maradt. Bár hiányoztak neki a gyerekek, sosem gátolta meg, hogy elmenjenek nélküle. Próbálta kiélvezni a magányt és a csendet amennyire fájdalmas ízületei engedték.

– Aztán legyetek óvatosak, – figyelmeztette őket, mielőtt beültek a kényelmes kombiba, amiben bőséges helye volt a csomagoknak és horgász felszereléseknek, amiket a nyaraláshoz vittek magukkal. – Az erdőben sok vadállat él, mindig vigyázzatok egymásra. –

– Rendben Anya, – válaszolták kórusban.

A spontán válaszuk felmelegítette az idős asszony szívét. Végre, annyi év próbálkozás, bánat és csalódás után, anyának szólították. Amint Mrs. Whelk megkapta a számára elegendő mennyiségű ölelést és puszit, Mr.

Whelk a két gyerekkel útra kelt. Három óra múlva a megszokott betondzsungelt már a vidéki táj idillikus látványa váltotta fel.

Amint elérték a telket a faházzal, ami egy csöndes kis faluhoz közel a Lake George tó partján állt, Mr. Whelk kinyitotta az ház ajtaját, majd odasietett a gyerekekhez, hogy segítsen nekik lepakolni. Nem takargatva lelkesedését, már alig várta, hogy csónakba szállhasson és fogjon néhány halat. Lehetséges, hogy a tiszta levegő és ez a lelkesedés segített neki kissé megfeledkezni a progresszív köszvényéről és sokkal fürgébben mozgott, mint általában.

– A srác az utca végi horgászboltban azt mondta, hogy ezekben a vizekben él egy öreg pisztráng. A súlya akár 12 kg is lehet! –

Felcsillanó szeme azt sugallta, hogy ki akarja fogni azt a legendás halat. Nem volt valami jó horgász, Mr. Whelk szerencsésnek mondhatta magát, ha tudott egy pár kisebb halat fogni a vacsorához, nem pedig egy ekkora halat, de gyerekes lelkesedése elhitette vele, hogy sikerülni fog. Mikor mindent kipakoltak az autóból és helyére tettek, Mr. Whelk leszedte a borítót a csónakról, berakta horgászfelszerelését, és megkérdezte a gyerekeket, – Na, ki akar velem jönni, hogy beírja magát a horgászok történelemkönyvébe? –

Elena és Luka finoman nemet mondtak Mr. Whelk ajánlatára, ás bejelentették, hogy a tóban fognak úszkálni és napozni.

– Kár, – mondta Mr. Whelk miközben úgy tett mintha csalódott lenne. – Rendben van, de vigyázzatok magatokra, és ne ússzatok túl távolra a parttól, a víz itt hamar mélyül. – A két gyerek belegyezett, majd megvárták amint Mr. Whelk beszáll a csónakjába és elkezd a tó közepe felé evezni.

– Papa mindig úgy viselkedik amikor itt vagyunk, mint egy gyerek. Mintha húsz évet fiatalodna. Nagyon fáj a foga arra a nagy halra, – mondta Luka tréfásan Elenának, miközben a parton álltak és lábukat a finoman hullámzó tó vizébe mártották.

Elena felnevetett. – Na azt megnézném. Általában, ha tíz kapása van, abból kilencet elszalaszt, és azt is csak nehezen vezeti bele a hálóba. –

– Igaz, valóban így van, – mondta kuncogva Luka. – emlékszel a tavalyi *nagy halra*? Amikor kifogta, alig nyomott húsz dekát, de ahogyan hazaértünk, már négy és fél kilóval dicsekedett barátainak. –

– Igen emlékszem, és olyan idegesen nézett ránk, nehogy eláruljuk. – mondta Elena, miközben száját eltakarva kuncogott.

Miután jól kinevették magukat, leültek a partra, és egy ideig élvezték a meleg homok simogatását meztelen lábujjaik között és a lassan hullámzó tó vizének nyugtató látványát. Később bementek a faházba, hogy felvegyék a fürdőruháikat. Visszatérve a partra, egymás után lépkedtek fokozatosan beljebb és beljebb a hideg vízbe.

– Áhh! Ez túl hideg! – sikított fel Elena, amikor már a csípőjéig ért a víz. Az egész teste megborzongott, és fogai hangosan összekocogtak, akárcsak a kasztanyetta tányérkái.

Luka is reszketett a hideg vízben. – N-n-ne legyél ennyire puhány. – Biztatgatva magát hangja elvékonyodott és akadozott, miközben a karjait olyan mereven tartotta maga mellett, mintha pálcikából lennének. Aztán összeszedve minden bátorságát felkiáltott, – Hé, … ezt figyeld. –

Mielőtt Elena oda tudott volna fordulni, Luka ugrott egy fejest, és a felcsapódó hideg víz Elenát is eláztatta. Emiatt kialakult egy vízi csata és elkezdték egymást fröcskölni, hamarosan már nem is érezték annyira hidegnek a vizet. Nagyjából 20 perc múlva Elena és Luka kilábaltak a partra. Mindkettőjük csuromvizes volt, de boldogan fogócskáztak és nevetgéltek, amig megszáradtak.

– Fúj! A víz felment az orromba, még mindig csiklandoz! – fújtatott Luka miközben ott napoztak a parton és várták, hogy Mr. Whelk visszatérjen. A partról Mr. Whelk csak egy apró pontnak látszott, kicsit homályosnak is a nap által felmelegített víz felszálló párájától. Néhány percig még beszélgettek arról, hogy milyen jó érzés kiszabadulni a zajos nagyvárosból, utána azokról az osztálytársaikról, akiket ki nem állhattak, amikor hirtelen, a ház mellől jövő csoszogó lépések zajára figyeltek fel.

– Na, né mán, – mondta egy hang. Amint megfordultak, három atlétatrikós fiú nézett le rájuk. A három fiú közül a középen álló volt a legmagasabb, a két szélső lényegesen alacsonyabb volt nála. A ruhájuk mocskos, az arcuk napégette volt, kétség sem fért ahhoz, hogy a helyi banda tagjaival állnak szemben, akik mindig zaklatták őket az elmúlt években, amikor nyaraltak vagy télen síelni jöttek. – A finnyás kis városi bogárkák megint itt vannak! –

Mivel érezte a bajt, Luka megpróbált felállni, de a legmagasabb srác hamar a földre taszította. – Ülj le, te nyimnyám alak, – mordult rá a kócos hajú, ápolatlan fiú, akinek hangjában érezhető volt az utálat. Luka a hátára esett, de gyorsan felült erősen sajgó derekát tapogatva.

– Ne bántsátok! – kiáltotta Elena, miközben felkelt és Luka elé állt.
Szemeiben vad tűz, félelem és aggodalom égett. A magas fiú, még mielőtt
Elena ellen tudott volna állni, őt is a földre taszította Luka mellé.

– Kussolj te! Kis ribanc. Majd akkor szólalhatsz meg, amikor
megengedem! –

Elena még talán sose látta ilyen gyorsnak Lukát, a fiú tüstént felpattant
és rávetette magát a tőle magasabb és erősebb srácra. Jó pár ütést bevitt
neki, mielőtt a másik két fiú leszedte róla, majd keményen őt is a földhöz
nyomták.

– Ennek a városi féregnek egy kis tiszteletet kell tanulnia, – mondta a
nagyobb fiú, miközben Lukát a mellkasánál fogva a földhöz szegezte az
ütött-kopott, sáros bakancsával. Mielőtt Luka bármit is mondhatott volna, a
két kisebb fiú fejbe rúgta, ezzel teljesen kiütve őt. A három fiú ezután
nevetésben tört ki, mellyel jó néhány madarat felriasztottak a közeli
erdőből. Ekkor figyelmük Elenára szegült.

– Ethan, te megfogod a kezeit, Noah, te pedig a lábait, – mondta a
nagydarab, pelyhedző állú fiú, aki egyre közelebb ért Elenához brutális
vágyakkal szemében.

Elena kétségbeesetten próbált hátrébb kúszni, de akárcsak a betanított
cirkuszi majmok, Ethan és Noah lefogták Elenát, pont ahogyan a vezérük
kérte.

– Szálljatok le rólam, segítség! – Elena sikított és kézzel-lábbal
küzdött, hogy kiszabadítsa magát a szorításukból.

Mivel Luka eszméletlenül feküdt a földön és Mr. Whelk messze, a tó közepén horgászott, Elena csak magára számíthatott. Miközben a partról az erdő felé vonszolták, egyik félelemtől izzadt keze kicsúszott a fiú szorításából. Ekkor sikerült felkapnia a földről egy éles követ, és belevágta az Ethan nevű fiú arcába olyan erővel, ami csak izmaitól tellett. Sikerült neki egy mély vágást ejteni a fiú arcának jobb oldalán, amiből a vér folyni kezdett és lecsöpögött a homokba.

– Azanyád! Rohadt kis ribanc! – sikította Ethan, majd elengedte Elena karját és a sebéhez kapott.

A másik két fiú egy pillanatra társukra nézett, akinek a vér már a csupasz mellkasán folyt. A legmagasabb srác Elenát a félre lökte, majd annyira megszorította csuklóját, hogy azt hitte elpattan, akárcsak egy száraz faág.

– Na ezt próbáld meg velem és kinyírlak, – morogta fenyegetően, miközben hajánál fogva a bokrok felé kezdte húzni a kapálózó, visítozó lányt. Elena feje egy fának koppant és az erős ütéstől egy pillanatra elkábult, majd teste elernyedt. A három fiú felette állt és hidegen szemlélte az ájulással és hányingerrel küzdő lányt.

– Na jóvan', kié lesz az első menet? – mondta Ethan széles vigyorral az arcán, melynek borzasztó látványát csak a rothadó fogai tetőzték. A nagyobb fiú ekkor tarkón csapta, amitől lehervadt arcáról a mosoly.

– Én vagyok az első! – kiáltotta fenyegetően, amitől Ethan visszahőkölt. Bár távol állt attól, hogy alfahím legyen, bátortalanul, de mégis meg próbálta védeni igazát. – Ez nem igazságos Earl. Ez a ribanc megvágta a pofámat, az enyém kéne legyen az elsőbbség! –

Earl lassan megfordult, morgott egyet és kérges lapátkezével Ethan mellkasára ütve erőteljesen meglökte. Ethan, aki még mindig az előbb szerzett sérülését szorongatta egy kétes tisztaságú zsebkendővel, az ütéstől hanyatt esett.

– Én jövök először, ez a szabály, – mondta Earl és közben a mellkasára ütött, mint hím egy gorilla, aki vezérségi jogát védi.

Amint Earl lehajolt, hogy megfogja a védtelennek tűnő lány lábát, Elena, aki már magához tért, sikerült lábait felhúzni, és erősen megrúgta Earl legérzékenyebb testrészét. A fiú felordított, előre görnyedt a fájdalomtól és trágárságokat üvöltözött. A másik két fiú felszisszent együtt érezve vezérükkel. Elena kihasználva az alkalmat felállt és megpróbált elmenekülni támadói elől, de Ethan észrevette és úgy mellkason rúgta, hogy hirtelen kiszorult a levegő tüdejéből, és sikoltva visszaesett a földre.

– Te vagy az oka, megérdemelted! Mit ellenkezel feleslegesen? – kiáltott Ethan, akinek a vére már a kezén csurgott lefele. Amint felemelte véres öklét, hogy Elenára lesújthasson vele, hirtelen egy rekedtes, de erőteljes hang szakította őt félbe.

– Vadállatok! – Néhány méterrel arrébb egy teniszlabda méretű kővel a kezében állt Luka. A halántékán tátongó sebből ugyan csöpögött a vér és ingadozott a lábán, de a szeméből elszántság és a düh sugárzott.

A három fiú teljes erejéből rávetette magát Lukára, aki védekezett amennyire tudott, és állta a sarat egy ideig. Még néhány ütést is be tudott vinni támadóinak, de túlerőben voltak vele szemben. Luka két ökölcsapás között Elánára szegezte tekintetét és intett a rémült lánynak, hogy meneküljön. Earlnek sikerült kiütnie a követ Luka kezéből, miközben a földre teperte. Ethan lefogta Luka lábait, Noah pedig a mellkasát és bordáit öklözte.

Elena, mivel tudta, hogy nem sokat tudna Lukán segíteni, kihasználta a lehetőséget felugrott, és elrohant segítséget keresni. Ahogy botladozva átvágott a bokrokon keresztül, rátalált a földútra. Kétségbeesetten futott az úton amilyen gyorsan csak bírt, amíg meglátott két férfit egy öreg traktoron. A férfiak, amint meglátták, hogy egy vérző fejű lány fut feléjük, megálltak és meghallgatták a történteket.

Amint megtudták, hogy Luka súlyosan megsérült, Elenát felsegítették a traktorfülkébe és a faházhoz hajtottak, ám amikor odaértek, a három fiú már eltűnt. Csak egy mozdulatlan testet hagytak hátra a tóparton.

Elena úgy érezte, hogy minden ereje elhagyja. Azonnal leugrott a traktorról és térdre rogyott Luka mellette.

A két idegen azonnal a tettek mezejére lépett. Egyikük visszament a városba segítséget hívni, a másik pedig a két súlyosan összevert fiatallal maradt. Luka arca szinte felismerhetetlen volt. A lány nehezen viselte a látványt és a tudatát annak, hogy legjobb barátja talán haldoklik. Gyötrelmében az égre nézve imádkozott. Elena teste remegett az elviselhetetlen fájdalomtól, amint ott térdelt a Luka vérével áztatott homokban. Fejét gyengéden a fiú mellkasára tette és hallgatta gyenge szívverését, miközben arcán a félelem izzadsága Luka vérével keveredett.

A mentősök hamar kiértek, ellenőrizték Luka életjeleit, mielőtt megmozdították volna. Ugyanis nem akarták megkockáztatni, hogy e procedúra kihagyásával a sérülés mértékét növeljék. – Lélegzik, de gyenge a pulzusa. – mondta egyikük, majd intett társának, hogy hozza a hordágyat.

Óvatosan rákötözték Lukát a hordágyra és betették a mentőautóba. Az egyik traktoros férfi mélyet sóhajtott, és Elena vállára tette kérges kezét. – Imádkozz érte kedvesem. Szüksége lesz rá. –

Közben Mr. Whelk amint meglátta a mentőautó villogó lámpáit a faház mellett, tudta, hogy nagy baj van és elkezdett hevesen a part felé evezni. A látvány sokkolta amikor végre partot ért és meglátta mentőautóban véresen fekvő Lukát. Átölelte a remegő, zokogó lányt, aki gyorsan elmondta neki, hogy mi történt.

Mr. Whelk és Elena a sürgősségi osztályig követték a mentőautót. A váróteremben a feszültség érezhető volt a levegőben, míg az eredményekre vártak. A vizsgálatok megállapították, hogy Lukának 4 bordája eltörött, az állkapcsa szilánkokra tört és a halántékán egy mély vágás volt, melyet tíz öltéssel kellet összevarrni. Amikor már eszméleténél volt, a helyi rendőrség kikérdezte az esetről. Elena, miután az ő sebeit is ellátták, el nem mozdult Luka ágya mellől.

***

Néhány hónappal később amikor már Luka felépült sérüléseiből, a család felutazott tanúvallomást tenni a bíróságon a két traktoros férfival egyetemben. A három fiú18 éves korukig javító intézetbe került.

180

Ötödik fejezet

Kilenc évvel korábban

Nem sokkal Elena születésnapja előtt minden megváltozott. November vége volt, és egy hideg, szeles napon, amikor Elena és Luka hazaérkezett az iskolából, nevelőanyjuk nem köszöntötte őket ahogy szokta. Az idős nő általában a konyhában szorgoskodott, uzsonnával várva a gyerekeket, de azon a napon csak Mr. Whelk volt otthon. Egyedül ült az asztalnál; az általában életerős kiállású idős férfi háta meghajlott, és úgy nézett ki akár egy hervadó rózsa.

– Üljetek le gyerekek, – mondta szomorú tekintettel, miközben a gyerekek óvatosan beléptek a konyhába. – Mondanom kell nektek valamit. Üljetek le. –

Az inkább összezavarodott, mint megijedt Elena és Luka leültek mellé, és várták, hogy újra megszólaljon. Mr. Whelk az egyik ráncos kezével megtörölte a szemét, míg a másik keze ott remegett az asztalon. Szüksége volt egy kis időre, hogy összeszedje magát mielőtt belekezdett, – A feleségem...Ő... –

Amikor a két gyermeknek megérezte a helyzet komolyságát, Elena gyengéden megérintette Mr. Whelk kezét. – Mi a baj, Papa? Mi történt? Minden rendben van Anyával? –

Ekkor Mr. Whelk gyengéden megfogta a kezét, majd felnézett Elenára, szemei vörösek voltak és könnyesek. – Ma reggel kórházba kellett vinni. Nagyon rosszul van. –

– Rosszul? Mennyire rosszul? – fakadt ki Luka és aggodalommal telve ráncolta homlokát.

Mr. Whelk már nem tartotta vissza a sírást, odahajolt Lukához és szorosan magához ölelte. – Emlékszel, amikor két hete orvoshoz ment mert nem érezte jól magát? Ma reggel összeesett és nem kapott levegőt. Csontrákja van, ez pedig tüdőembóliát okozott neki. Az orvosok adtak neki gyógyszert és már kicsit jobban van, de azt mondták, hogy a rák már a negyedik stádiumban tart, ezért valószínű, hogy már nem sokáig fog élni. Ő…nem akar semmi terápiát. –

Hirtelen Lukának és Elenának is elakadt a lélegzete. – Hogy Mi?! Miért? Nem akar meggyógyulni? –

Mr. Whelk kissé erősebben megszorította Elena és Luka kezét, de próbált nyugodtan és lassan beszélni, hogy lenyugtassa őket. – Gyerekek, ő már öreg. A kezelés nagyon intenzív lenne és Mrs. Whelk nem akarja átélni az ezzel járó szenvedést. Tudom, nehéz ezt elfogadni. Mindennél jobban szeretem őt, de ez az ő döntése. – Ajkai beleremegtek, amikor ezeket mondta és tudatosult benne a jelenlegi szituáció. Mr. Whelk nyelt egy nagyot, majd folytatta, – Van egy dolog… amit szerintem most mindennél jobban szeretne. –

– Mi az? – kérdezte mindkét gyerek, akár az életüket is képesek lettek volna kockára tenni, hogy megmentsék azt az asszonyt, aki úgy szerette őket, mint még soha senki más. – Bármit megteszünk érte. –

∗∗∗

Két héttel később, karácsony napján, Mr. Whelk betett az autójába néhány takarót, a tolószéket és egy oxigénpalackot. Mrs. Whelk-et besegítették az autó hátsó ülésére, majd elindultak a városba.

Az idős pár órákon keresztül ült a padon átölelve egymást, miközben azt nézték, hogy Elena és Luka hogyan korcsolyázik a Rockefeller Center korcsolyapályáján. Nagyon különleges hely volt ez számukra, ugyanis napra pontosan itt kezdődött el a kapcsolatuk ötven évvel ezelőtt.

– Még egyszer boldognak akartam őket látni. – suttogta Mrs. Whelk. – Ígérd meg, hogy gondoskodni fogsz róluk, ha már én nem leszek. –

– Ígérem – mondta szipogva az öregember, amint a felesége kezét simogatta. – Ígérem, hogy minden tőlem telhetőt megteszek, – majd lehajolt, hogy megigazítsa a takarókat felesége térdén, ezzel leplezve könnyeit.

Luka és Elena vidáman fogócskáztak a jégen. A Whelk házaspár pedig nézte őket, s melegség járta át szívüket a gyermeki vidámság és gondtalanság látványától. Bár tudta, hogy nemsokára meghal, Mrs. Whelk nem vágyott semmi másra, minthogy a gyermekeit boldognak lássa. A lehető legtovább akarta élvezni ezt az érzést.

Aznap este, miközben hazafelé tartottak, Elena és Luka gyengéden fogták egymás kezét a hátsó ülésen. – Boldog Karácsonyt Elena, – suttogta Luka, majd a zsebéből előhúzott egy kis dobozkát és a lánynak adta. Elena, ahogy a vasárnapi újság vicc rovatába csomagolt dobozkát kibontotta, alig bírta visszafogni döbbenetét. A dobozban egy nyaklánc volt, egy fából faragott fél szív medál hozzáerősítve egy bőr szíjhoz. Ekkor Luka előhúzta pólója alól a szív másik felét – Nincs pénzem, hogy egy rendes ajándékot vegyek neked, – suttogta. – Rózsafából faragtam ki a szívet, majd félbe vágtam, tehát ha még külön is kerülünk, mégis együtt leszünk lélekben. –

– Köszönöm, – Elena meghatottan suttogta. Majd elengedte a kezét, odahajolt hozzá és gyengéden megcsókolta a fiút. Luka ettől olyan zavarba jött, hogy az út hátralevő részében úgy ült az ülésén, mintha odafagyott volna, de a lámpák halvány fényében látszott, hogy az orcája kipirult és álmodozva nézegetett ki a kocsi ablakán, időnként szégyenlősen Elenára sandítva.

Még nem tudták, de ez volt az utolsó karácsonyuk, amit szeretetteljes családi körben töltöttek el együtt. Mrs. Whelk két héttel később csendesen, álmában hunyt el.

***

Mr. Whelk próbálta a tőle telhető legtöbbet tenni hónapokon keresztül, de most már a felesége nélkül lassan elvesztette akaraterejét. Az egykori meleg, vidám otthont, keserű bánat és gyász töltötte be. Elena és Luka mindent megpróbált, hogy az egyetlen apát, akit valaha ismertek, jobb kedvre derítsék. Tudatták vele, hogy mennyire szeretik őt, de Mr. Whelk lassan depresszióssá vált. A gyerekek ezt próbálták elrejteni a szociális gondozó elől, de eljött az a nap, amikor Mr. Whelk egyre inkább növekvő depresszióját és egyre romló fizikai állapotát nem lehetett tovább rejtegetni. Elhanyagolta a háztartást, és voltak olyan napok amikor ki sem kelt az ágyából. Elvesztette a világ iránti érdeklődését, és szinte semmi nem érdekelte. Egymagában ült az ablak előtt és magában motyogott, az ételt, amit Elena és Luka készített neki, nem ette meg.

A szociális gondozónak egy nehéz döntést kellett meghoznia. Mr. Whelket kénytelen volt az idősek otthonába küldeni, Elena és Luka pedig visszakerültek az államhoz. Nem volt más választásuk.

– Úgy érzem, mintha egész életemben egy sötét felhő követne, – mondta zokogva Elena Luka vállait szorongatva, amikor el kellett egymástól búcsúzniuk. – Egyik helyről dobáltak engem a másikba, és végre, amikor már stabilnak hittem az életem, a felhő megint megjelent. Mi lesz velünk Luka? Megkeresel majd, ha elválasztanak minket? –

– Megfoglak találni! Ígérem! – mondta zokogva Luka.

Elenát újra megfosztották a stabilitástól és megint egyedül volt a nagyvilágban, otthon nélkül. Nem volt többé családja, nem volt többé biztonsága, de ami a legfájdalmasabb volt számára, az volt, hogy elvesztette egyetlen barátját, aki iránt az első szerelem bimbózó érzése is kötötte. Elválasztották őket egymástól és különböző nevelőszülőkhöz küldték őket.

Hatodik fejezet

Karácsonyi Hagyomány

A taxi megingott, miközben ráfordult arra a latyakos utcára, ahol Elena lakása volt egy tizenhat emeletes épületben. A zökkenés arra késztette Elenát, hogy kiemelkedjen a múlt sötét vizeiből. Megszorította a nyakában lógó fél szívet, amit Lukától kapott, és szemei könnyel teltek meg. Azóta a szomorú karácsony óta az első szerelmére és fiatal életének boldog időszakára emlékeztető nyakláncot csak fürdéskor vette le.

– Tizenhárom dollár ötven cent lesz, hölgyem, – szólt hátra a taxisofőr, miután megállt a ház bejárata előtt. Elena visszacsúsztatta a nyakláncot a pulóverje alá, aztán kiszállt a taxiból és kifizette a sofőrt. Ezután óvatosan felment a jeges lépcsőn, és miután beért a lakásába, levette a téli kabátját és beült a fekete bőr foteljébe az ablak mellett és felnézett a falon lógó bekeretezett festményre. Mindig csodálattal töltötte el a formák és a színek változatossága, ahogy elmerengett az absztrakt festészet mélységeiről. Ez volt a kedvenc képe, melyet a nevelőszüleitől örökölt.

A művészet világában egy jól ismert házaspár—A New York-i festő, Stuart Speer és a felesége/menedzsere Donna Speer— volt az, aki örökbe fogadta Elenát, miután el kellet hagynia Mr. Whelk lakását. A Speer házaspár fiatalabb volt Whelkéknél, és Elena szerencséjére, szívesen örökbefogadtak egy 14 éves tinédzser lányt.

Elena boldogan élt az elegáns Észak Manhattan-i lakásukban a középiskolás évei és a gólya éve alatt a New York-i Egyetemen. A Speer házaspár Elenát nem csak szeretettel, de materiális javakkal is elárasztotta.

Számos nyaralás során utaztak Hawaii-ba és Európába, a tizenhatodik születésnapjára pedig egy vadonatúj Porsche kabriót kapott.

Viszont amióta örökbe fogadták, karácsonyra mindig ugyanazt kérte. Azt kérte, hogy karácsony napján menjenek a Rockefeller plázára korcsolyázni. A házaspár mindig beleegyezett, sose kérdezték ennek a döntésnek az okát és nem sokkal később már karácsonyi hagyománnyá vált. Ez a kérése nem csak Luka, hanem Mr. és Mrs. Whelk miatt is. Jól esett megemlékeznie arra a sok szeretetről, amelyet nevelőszüleitől kapott. Szíve mélyén, Elena minden évben abban reménykedett, hogy egyszer Luka majd ott fog rá várni. Sosem történt így, de a vágy megmaradt.

Mikor másodéves lett az egyetemen, a sötét felhő újra utolérte.

Stuart és Donna Speer életét vesztette egy borzalmas autóbalesetben a Lincoln Tunnel-ban. Ha Elena úgy döntött volna, hogy az anatómia könyv tanulmányozása helyett inkább velük megy meglátogatni a barátaikat, akkor valószínű már ő is halott lenne. Magára maradt, megint. A szülei gyászolása közben felerősödött egy olyan érzés Elenában, hogy balszerencsét hoz azokra, akik szeretik őt. Sokszor elmerengett. *Mindenki, akit megszeretek, vagy elhagy, vagy meghal. Lehetséges, hogy a szülőanyámra is balszerencsét hoztam? Azt pedig soha nem fogom megtudni ki volt az apám.*

A Speer házaspár végrendeletében az állt, hogy haláluk után mindenüket az örökbe fogadott lányukra hagyják, emiatt Elena megélhetése már nem forgott kockán. Megörökölte a Stuart Speer Art Stúdiót és egy príma Manhattan-i lakást, és a festményeik eladásából származó bevétel bőven fedezte Elena egyetemi tanulmányait és egy kényelmes életet biztosított neki.

Elena azonban nem tudta élvezni a hírtelen ölébe hullott gazdagságot. A lelkében keletkezett űr, mely az ünnepek közeledtével egyre inkább csak mélyült, felemésztette a boldogságát. Hogyan is legyen boldog, ha mindenki, akit szeretett, most nem lehet ott vele és nem örülhet vele együtt? A sors kegyetlen volt hozzá, ő pedig már nagyon unta a gonosz játékait.

***

Annyira sokáig meredt a festményre, hogy a színek már szinte beleégtek a retinájába, és akkor is látta a formákat, amikor becsukta a szemét. Szomorkásan figyelte, ahogy a formák és színek lassanként eltűnnek, mint azok, akiket valaha is szeretett. Nagy fájdalom volt a szívében Luka iránt. *Azt ígérte nem felejt el engem, de elfelejtett.* Luka iránti szerelme az évek múlásával nem csak hogy nem lett gyengébb, de egyre inkább erősödött. Vége lett a zavaros kamaszkornak, érett nő vált belőle. Számos férfi hívta el randira, el is ment egy párral, de sosem felejtkezett el Lukáról. Nem volt képes arra, hogy valakihez is közel kerüljön, senki más iránt nem érzett szoros kötődést.

Elena lefeküdt a kanapéra és azt tette, amit a legjobbnak tartott, abban a fájdalommal teli pillanatban. Engedte, hogy teste és elméje álomba merüljön.

***

Az elkövetkező néhány karácsony előtti napot Elena semmittevéssel töltötte el. Leszámítva azt, hogy lezuhanyozott és rendelt ételt a közeli étteremből, ideje nagy részét a múltról való elmélkedés tette ki. Órákon keresztül bámulta a festményt és engedte, hogy a színei és ecsetvonásai áthatoljanak a meggyötört elméjét fedő sűrű fátylon. Fájdalmasan számolta

188

a napokat, hány napig kell még várnia, hogy felvehesse a korcsolyáját és elmenjen arra a helyre, ami némi boldogságot jelentett neki. Tudta, hogy csak akkor fog némi nyugalomra lelni, legyen az akár átmeneti is.

Végre eljött a várva várt nap. Elena felkelt és a héten először, halvány mosoly játszott ajkain.

Aznap hivatalosan karácsony napja volt.

Nem számított az időjárás, Elena nagyon örült, hogy ott lehet a kedvenc helyén. Miután letusolt és evett egy keveset, kivette korcsolyáját a szekrényéből és a téli szünet kezdete óta először kilépett a lakásából.

– A Rockefeller Centerhez, kérem. – mondta, miközben bemászott a taxi hátuljába, és a korcsolyáját rejtő táskát az ülésre tette.

A taxisofőr nem mondott semmit, elindította a taxiórát és már bele is vágta magát a New York-i forgalomba.

***

Elena befűzte korcsolyáját és óvatosan feltipegett a jégre. Furcsa módon, most csak egy pár ember volt kint korcsolyázni, így Elena arra csúszkált amerre kedve volt, nem kellett attól tartania, hogy valakibe ütközik. Nemsokára már engedte, hogy a lába vezesse a jégen és belemerült gondolataiba. Ahogy rótta a köröket, apró könnycseppek gördültek le orcáján és elvegyültek a puhán hulló hópelyhekkel. Elena újra átélte azokat az emlékeket, amik ide kötötték, az elméje nem akart leállni, szemhéjai alatt pedig egyre több könnycsepp gyülekezett. A szél gyengéden játszadozott hajfürtjeivel, becsukta a szemét és engedte, hogy a fagyos szél lenyugtassa háborgó elméjét. *Bárcsak a szél a magányosságot is magával vinné...*

189

Hirtelen érezte, hogy lába valami puhába ütközik, majd egy fájdalommal teli nyikkanást hallott. Elena lába kicsavarodott és meglepetésében sikított egyet, majd elesett. Fájdalmában felszisszent amikor felnézett, és látta, hogy egy fekete kutya sántikálva rohan a kijárat felé. Megpróbált felállni, de amint súlyt helyezett a lábára, az éles fájdalom visszahúzta a jégre. A zsibbadás és a fájdalom miatt arra következtetett, hogy valószínűleg eltört a bokája az esésben. *Nyilvánvaló, hogy a balszerencse nem hagyott el és most boldogan dörzsölheti össze a kezeit.*

– Segíthetek? – egy doromboláshoz hasonlító mély férfihang szólalt meg a háta mögött. Amint meghallotta az idegen hangot, Elenát átjárta a déja vu érzése, azonban amikor megfordult, hogy megnézze a felé korcsolyázó férfit, de nem tűnt ismerősnek. A fiatalember a húszas éveiben járhatott, rövidre vágott, sötét barna haj keretezte kellemesen formás arcát. Szemeiből sugárzott az aggodalom, amint Elena felé siklott a jégen.

Amikor odaért, letérdelt mellé. – Az a kóbor kutya valahogy felkeveredett a jégre, jól vagy? –

Elena megérintette a bokáját, és fájdalmában felszisszent. – Nem, nem vagyok jól. Azt hiszem, eltörött a bokám. –

A férfi a karjaiba vette Elenát, elvitte a legközelebbi padig és óvatosan leültette. Ezután előkapta a telefonját és hívta a mentőket.

– Akarod, hogy esetleg felhívjam a családodat vagy…? –

– Nem, köszönöm, – mondta, majd szomorúan lehajtotta a fejét és megérintette a szemét, ezzel megállítva egy könnycseppet.

– Elkísérlek a kórházba. –

– Igazán nem fontos… és nincs családom. Már nincs. Magam vagyok, – szipogta.

– Ragaszkodom hozzá, – mondta a fiatalember, majd megfogta a kezét. Szívében szimpátiát és sajnálatot érzett a szomorú, sírdogáló nő iránt. Ezután közelebb csúszott hozzá a padon és gyengéden átölelte a vállát.

Elena nem tudta már könnyeit visszatartani, ráborult a férfi vállára és szabadjára engedte a magába fojtott fájdalmas emlékeket, melyek annyira erősek voltak, hogy teljesen elfelejtkezett a fizikai fájdalmáról. A meggyötört lelkében tomboló fájdalom sokkal erősebb volt.

Miután megérkeztek a mentősök és behelyezték a mentőautóba, Elena kezdett megnyugodni. Ekkor eszébe jutott az a nyár, amikor még gyerek volt, és Lukát helyezték be így a mentőautóba, és újra elszomorodott. – Tényleg nem kell velem jönnöd. – Tájékoztatta a férfit. – Bocsánat, hogy végig kellett nézned, ahogy darabokra hullok. Minden rendben lesz. Csak… rengeteg borzasztó emlék kering bennem. –

A férfi rámosolygott és megfogta a kezét. – Karácsony van. Az én életem se volt túlságosan vidám. Tudom mi zajlik benned, kérlek engedd meg hogy elkísérjelek. –

Elenát meleg érzés árasztotta el és beleegyezően bólintott. Jól esett neki a férfi szemeiből sugárzó aggodalom és törődés.

A kórházban egy aprócska szobában várták, hogy az orvos megnézze a bokáját. Közben udvariasan, de kicsit feszülten beszélgettek, többnyire az időjárásról és a Yankees-ről, amíg Elena kitöltötte az űrlapokat.

Valami megmagyarázhatatlan kötődést érzett a férfi iránt. Nem csak a jó kinézete, fizikuma miatt, hanem volt benne valami megmagyarázhatatlan, ami vonzotta. Amint figyelmét újra az űrlapokra összpontosította, megjött az orvos.

– Dr. Nelson vagyok. – mondta egy magas férfi, rövid fehér kabátban, miközben a tabletjének képernyőjére meredt, majd helyet foglalt a kis asztal melletti széken és átnézte a kitöltött kórlapokat. Majd felállt és megvizsgálta Elena bokáját, ami kezdett feldagadni és a véraláfutás kékeslilás színeket öltött. – Hogyan esett el? – kérdezte az orvos.

– A Rockefeller Centerben korcsolyáztam és átestem egy kóbor kutyán. Éppen, hogy behunytam a szemem egy pillanatra és nem vettem észre a kutyát. Remélem azért neki sem lett komolyabb baja. – magyarázta Elena eközben pedig nézte, ahogy egy köpcös férfi, aki takarítói egyenruhát viselt, betolja a vegyszerekkel megpakolt kocsiját a kis szobába.

– Nem tudna várni amíg befejezem? – mordult fel Dr. Nelson dühösen és a takarítóra szegezte tekintetét.

– Már megbocsátson! – hördült fel a köpcös ember és gúnyosan forgatta a szemét. – Csak a munkámat végzem, – válaszolta haragos arccal.

– Na mindegy, úgyis mindjárt végzek. – Ezután visszafordult Elenához. – Nos, úgy néz ki, hogy a csont eltört, de a CT után majd pontosan megtudjuk. –

– Ők itt a nagy fiúk, – mondta kuncogva a takarító, miközben a szobából távozó doktor felé biccentett a fejével. – Nem lehetsz valami jó koris, – jegyezte meg Elenára pislantva malac szemével, majd elkezdte a linóleumot felmosni és jóízűen nevetett a saját béna viccén.

Elena és a fiatalember azonban egyáltalán nem találta viccesnek a megjegyzéseit.

Amint érzékelte, hogy senki sem vevő a humorára, a köpcös takarító megköszörülte a torkát. – Hát ilyen dolgok is történnek. – kuncogta. – Átesni egy kutyán, – megint kuncogott majd vigyorral az arcán Elenára nézett. – Te vagy az oka, te csuktad be a szemed. Megérdemelted! –

Ez az ember hallgatózott, gondolta felháborodva, és a kegyetlen hangsúllyal kimondott szavak ismerősen csengtek Elena fejében.

Megérdemelted... megérdemelted... Majd felnézett és észrevette a férfi arcának bal oldalán található csúnya heget. Ekkor esett le Elenának, hogy a tudattalattija mit is akart neki mondani. Férfi névtábláján a következő név állt: Ethan Wilson

Elena feszültté vált, majd remegő hangon megkérdezte, – Maga… Maga véletlenül nem Braytonba való? Brayton, New York? – A takarító Elenára nézett, hátha ismeri valahonnan, ekkor Elena hozzátette, – közvetlenül Lake George mellett. –

– Ööö… ja, miért? Honnan ismersz engem? –

– Amikor 12 éves voltam, maga és a barátai… – Elena hangja ekkor az érzelmi töltet miatt elcsuklott, – majdnem megölték a legjobb barátomat és bántani… bántani akartak… engem. –

A takarítónak tátva maradt a szája, hirtelen rájött arra, hogy ki volt Elena. Az arcáról le lehetett olvasni, hogy most már tudja miről van szó és elkezdte a sötét, félhold alakú hegét vakargatni.

– Hogy mit mondasz? Te vagy az a kis ribanc, aki ezt csinálta velem? – mormogta halkan, szemei dühösen megvillantak miközben pedig a heget simogatta kövér arcán.

– Igen, én vagyok az! – üvöltötte haragosan Elena. – Maga és a tahó barátai majdnem megöltétek a legjobb barátomat! –

Ekkor már tudta, hogy nem hazudhat Elenának, majd bosszúsan sóhajtott egyet, és azt mondta. – Nézze… az már régen volt… ilyenek a fiúk…, de mi megbűnhődtünk érte! A javító intézet maga volt a pokol. –

Elenából előtört minden fájdalom és harag, az ágyról az egészséges lábára ugrott, majd a sebhelyes arcú férfi arcába ordított. – Takarodjon innen! TAKARODJON INNEN! –

Ekkor felpattant a fiatalember, arrébb lökte a takarítót és Elenához lépett. Ethan amint visszanyerte egyensúlyát, kiviharzott a szobából az odarohanó nővérek elől, akik jöttek segíteni Elenának visszaülni az ágyra. – Kérem, ne engedjék közel hozzám azt a férfit, – kiabálta könnyeivel küzdve. – Amikor 12 éves voltam, ő és a barátai megpróbáltak megerőszakolni. –

A nővérek nem kérdeztek tőle semmit, azonban mély undorral az arcukon egymásra néztek. – Ne aggódjon drágám, többé nem fog ide bejönni, azt garantálhatom. – Mondta az idősebb nővér miközben Elena lábát párnázta alá. – Sosem állhattam azt a durva alakot és Dr. Nelson csak az imént panaszkodott ellene, de most aztán betelt a pohár. Úgy fog repülni, mint a pinty. Megyek beszélek a főnökével. –

Az idősebb nővér dühösen kiviharzott a szobából, és a fiatalabb leült a sarokba, hogy elvégezze papír munkáját.

A fiatalember megérintette Elena kezét, majd felkiáltott, – Elena, én… édes Istenem… – kiáltotta, majd elbicsaklott a hangja. Egy szempillantás alatt, másik kezével benyúlt pólója alá és egy nyakláncot húzott elő. A rövid bőrszíj végén Elena faragott szív nyakláncának a másik fele volt. – Én vagyok az… Luka. –

Elena alig tudott fülének hinni. Kutató szemekkel kereste azokat a jellegzetes arcvonásokat, amelyek arra a fiúra emlékeztették, akibe tinédzser korába szerelmes volt. A férfi ajkának görbülete ahogy elmosolyodott és szemének csillogása azt mutatta, ő az. Elena nem tudott uralkodni az érzésein és örömkönnyek között egy halk sikoltással Luka karjaiba vetette magát.

– Valóban te vagy az Luka? Annyira sokat változtál, nem ismertelek meg. – mondta, miközben szorosan magához ölelte Lukát.

– Igen drágám, valóban én vagyok az. Te is sokat változtál, amikor utoljára láttalak egy vékonyka kamaszlány voltál, most pedig már egy gyönyörű nő vagy. Valahogyan a sors újra összehozott minket. –

A fiatal nővér hallgatta őket, majd felállt, benyúlt a zsebébe és egy piros szalaggal átkötött fagyöngyöt húzott elő. Az ágyhoz lépve fejük fölé lógatta a fagyöngyöt és pajkosan kuncogva azt mondta, – Nézzétek, fagyöngy van felettetek. Most tetszik vagy nem, a szokás azt kívánja, hogy meg kell csókoljátok egymást. –

És pont úgy, ahogy azt Elena tette az utolsó karácsonyukon, most Luka hajolt oda és csókolta meg Elenát, akinek az ajka sós ízű volt a kipirult arcán lefolyó könnycseppek miatt. Elena felnézett, és most közelebbről is láthatta azokat a kék szemeket, melyeket annyira régen látott utoljára.

– Erre a csókra vártam az utolsó közösen eltöltött, gyönyörű karácsonyunk óta, – suttogta Luka elcsukló hanggal.

– Elvesztettem a hitemet abban, hogy újra láthatlak, – ismerte el Elena. – Azt hittem elfelejtkeztél rólam és hogy sose foglak újra látni. –

A nővér hátralépett és ellágyulva hallgatta őket.

– Minden nap kerestelek téged amióta különválasztottak minket, – Luka válaszolta könnyes szemekkel. – Kérdeztem a szociális gondozót, de azt mondta, hogy nem adhat ki rólad semmilyen információt, csak azt árulta el, hogy az elválasztásunk után téged pár nappal örökbe fogadtak. –

– Igen, egy csodálatos pár fogadott örökbe, az eljárás gyors volt, ugyanis ők egy tinédzsert akartak, – mondta Elena mosolyogva, de aztán hirtelen elkomolyodott. – Csodálatos szülők voltak, … de meghaltak egy autóbalesetben. –

A nővér nem akarta a boldog párt tovább zavarni, és örömkönnyekkel a szemében, lábujjhegyen hagyta el a szobát. *A Karácsonyi Csoda ebben az évben is megtörtént.* Gondolta elégedetten. *Két szerető szív egymásra talált.*

Luka döbbenten felkiáltott. – Annyira sajnálom! – majd folytatta. – De legalább volt egy szerető családod. Mindenhol próbáltalak keresni, átnéztem az összes közösségi platformot, beszéltem az örökbefogadói programban lévő gyerekekkel, de senki sem tudott rólad semmit. –

– Oh, – ekkor Elena tágra nyitotta a szemét. – A szüleim szigorúak voltak az internettel kapcsolatban, minden közösségi platformot letiltottak és csak az iskolai projektekhez használhattam a netet. A nevem is megváltozott az örökbefogadás során. Amikor felregisztráltam később a közösségi platformokra, már Elena Speer volt a nevem. Akkor kerestelek, de nem találtalak a neten. Tényleg kerestél engem? –

– Igen, és nagyon elkeserített, hogy semmit sem találtam, most már legalább tudom miért. Engem az elválasztásunk után néhány hónappal fogadott örökbe egy gazdag angol házaspár, és az én vezetéknevem is megváltozott. –

Ekkor Elena már nem is érezte a lábában lévő fájdalmat, teljesen Lukára figyelt. – Mondj el nekem mindent. –

Luka felsóhajtott és folytatta. – Szüleim röviddel azelőtt költöztek az Államokba és egy jótékonysági rendezvényen ismerkedtünk meg. Fantasztikus szülők, olyan potenciált láttak bennem, amiről én sosem tudtam. Nagyon el voltam keseredve akkor, nagyon hiányoztál. Amikor elvesztettelek, úgy éreztem magamat, mint egy elhajított szemeteszsák. –

Elena megpuszilta az arcát, azonban nem mondott semmit, hallgatta tovább a történetét.

– Adoptálásom után nem sokkal New York-ból San Francisco-ba költöztünk. Szüleim felfedezték művészeti tehetségemet, és azt akarták, hogy az általuk kedvelt művészeti légkörben éljek. Elvégeztem a művészeti iskolát, és nem dicsekvésképpen, de elég jó festő vált belőlem. –

– Az én apám is híres művész volt, és te mindig imádtál rajzolni meg festeni, – mondta mosolyogva Elena.

– Nos, én csak próbálok híres lenni. – ekkor Luka elnevette magát a kis ironikus viccén, majd folytatta. – Szeretem San Franciscót, de idén valami visszahúzott New York-ba. Vissza a Rockefeller Center előtti jégpályához. Nagyon sokat jelentett nekem az a hely, amíg távol voltunk egymástól. Ez volt az a hely, ahova az egyetlen szerelmemmel jártam. A lelkitársammal. –

Elena mélyen Luka kék szemébe nézett, majd belemerült annak mágneses vonzásába. – Én is ugyanígy éreztem. Azóta a varázslatos este óta minden évben kijártam korcsolyázni, remélve, hogy egy napon majd ott talállak, amint rám vársz. –

– Így tettem volna. – mondta Luka, arcán látszódott, hogy bűntudata van. – Bárcsak tudtam volna, hogy sosem hagytad el New Yorkot. Akár a térdemen csúszva is, de eljöttem volna, azonban az egyik gyerek, akivel még a találkozásunk előtt egy nevelő szülőnél éltünk azt mondta, hogy téged is örökbefogadtak, majd Franciaországba költöztetek. –

– Nem, én végig itt éltem. Miért hazudott volna az a gyerek neked? –

– Nem tudom, lehet, hogy csak így gondolta. Fiatalok voltunk, és minden gyereknek az volt az álma, hogy örökbe fogadják, és talán csak úgy hallotta valakitől. De, amikor az ügynököm azt mondta, hogy az egyik képemet egy New York-i galériában fogják kiállítani, éreztem, hogy jönnöm kell. Az ügynök azt mondta, hogy nem szükséges ott lennem a megnyitón, hiszen csak egy képem lesz kiállítva, de én mégis eljöttem. –

– Örülök, hogy így tettél. –

Majd szenvedélyesen megcsókolták egymást, a testük szinte eggyé vált az újra lángra lobbanó szerelmük tüze alatt.

– Elnézést, – szakította félbe őket egy fiatalember, akinél a hordozható röntgen volt. – Ha megengedi, készítek még néhány képet a bokájáról. –

Miután elkészültek a képek, az orvos is belépett a szobába pár perccel később. – Még sincs törött csont, – mosolygott. – Szerencsére ez csak egy ficam. Néhány hétig azonban merevítőt kell viselnie és jövőhéten pedig megkezdheti a fizioterápiát. –

A nővér feltette Elena lábára a merevítőt, – Sokkal jobb, igaz? – kérdezte.

Luka kezét fogva, Elena szíve túlcsorduló örömmel telt meg és ezt válaszolta. – A fizikai fájdalom nem lényeges, az számít, hogy többé már nem fáj a lelkem. Többé már nem. –

Epilógus

Egy hónap múlva, Luka eladta a San Francisco-i stúdióját és kibérelt egy lakást New Yorkban, abban az épületben, ahol Elena lakott. A szülei örültek neki és mivel közel akartak hozzá lenni, ők is eladták San Francisco-i házukat és néhány héttel később vettek egy lakást Manhattanben. Boldogan fogadták Elenát az otthonukba és az életükbe.

Elena, apjának üresen álló stúdióját átadta Lukának, és boldog volt, hogy nem adta el szülei halála után. Elena folytatta tovább az orvosi tanulmányait, most már könnyű szívvel és boldogan. A fájdalmas múltat lezárta, és már nem nézett vissza, csak előre, a boldog jövő felé. Végre érezte, hogy az a sötét felhő, mely már kiskora óta lebegett a feje fölött, végre eloszlott, és érezhette a nap meleg sugarait.

***

Egy évvel később, Valentin napon, egy várva várt álom valóra vált. Brown atya, a pap, aki Elenát megtalálta azon a hideg karácsonyestén a bazilika lépcsőin, megpecsételte szerelmüket a házasság szent kötelékével.

A ceremónia alatt Elena és Luka a két fél szív alakú medált össze pászította, miközben a pap férjnek és feleségnek nyilvánította őket. A sors annyi megpróbáltatás után végre megengedte, hogy a két félbe vágott, de összetartozó szív, végre egymásra találjon és eggyé váljon.

A szerző

www.authorerikamszabo.com

„A képzelet az elme kreatív képessége. Nos, gyerekkoromban szüleim nem kis bosszúságára, a sors kreatív elmével áldott meg. A rám bízott mosogatásról vagy zöldségágyás gyomlálásáról megfeledkezve, hosszú órákat töltöttem álmodozással. Ücsörögve az almafa alatt kutyámnak, Morzsának meséltem gyerekes történeteimet, vagy esős időben a széles ablakpárkányon ülve néztem a levelekre hulló esőcseppeket, miközben az elmém képzeletbeli világokat teremtett. Attól függően, hogy milyen rajzfilmet láttam, vagy milyen történetet olvastam, fejben átírtam a történetet, hogy megfeleljen az irodalmi ízlésemnek. Soha nem szerettem igazán a rajzfilmek humoros, de értelmetlen brutalitását, így képzeletemben a hősök szellemesebbek lettek, és még a gazemberek is kevésbé buták és nem annyira kegyetlenek.”

Erika M Szabó, a Sárospatakon született írónő, több harminc éve az Egyesült Államokban él. Egyedi írói stílusa bemutatja történetírói készségeit és kreatív képzeleten alapuló könyveit, mint fantázia, alternatív történelmi, romantikus, és misztikus novellák, de művei között találhatóak oktató jellegű, angol és spanyol nyelvű könyvek a 2-14 éves korosztály számára is. Gyermekkönyvei informatívak és tanulságosak, és erkölcsi értékeket közvetítenek prédikáció nélkül.

Tartalom

Contents